dortmund-verlag.de

Mord in Bitburg

Ein Eifelkrimi von Franz Krämer

Über den Autor

Franz Krämer, Jahrgang 1949, schrieb 2007 sein erstes Buch. Ein Sachbuch über Mailings, denn er wollte die vielen Fragen beantworten, die ihm seine Kunden täglich in der Werbeagentur stellten und so ein komprimiertes Praxiswissen für jeden Werbetreibenden zur Verfügung stellen. In der Zwischenzeit sind noch drei weitere Bücher und Ratgeber hinzugekommen und nun stellt er seinen ersten Krimi vor.

Der Autor kam 1995 in die Eifel, um dort das Golfspielen zu lernen. Eine Aufgabe, die auch 20 Jahre später noch nicht zufriedenstellend gelöst wurde. Wenn er also nicht dort ist, die Eifeler Landschaft und das Leben dort genießt, lebt und arbeitet er in Dortmund.

Dort, mitten in der Innenstadt genießt er das Leben und Treiben, das so ganz unterschiedlich ist von der wunderbaren, erfrischenden Ruhe der ländlichen Südeifel.

Impressum

Copyright: ©Mai 2015 by Franz Krämer
Autor: Franz Krämer
Layout, Gestaltung, Satz und Druck:
Dortmund-Verlag.de | Franz Krämer, Hohe Str. 16, 44139 Dortmund
www.dortmund-verlag.de

1. Auflage Mai 2015

Alle Rechte vorbehalten.
Kein Teil dieses Buches darf in irgendwelcher Form (Druck, Fotokopie oder irgendeinem anderen Verfahren) ohne schriftliche und ausdrückliche Genehmigung des Verlages oder unter Verwendung elektronischer Systeme oder Medien verarbeitet, gespeichert, vervielfältigt oder verbreitet werden, auch bei auszugsweiser Verwertung.

Bildnachweise:
Titelbild/Umschlaggestaltung: ©Dortmund-Verlag.de unter Verwendung von Bildern von ©lantapix , grafikplusfoto - Fotolia.com

Bestell-Nr. 701 Print
978-3-943262-15-5

Die Eifel

Statt eines Vorworts lieber eine Erklärung

Die Menschen in der Eifel sind etwas ganz Besonderes! Geprägt durch die Landschaft, ihre Geschichte und das Zusammengehörigkeitsgefühl, das wohl aus vielen Jahrhunderten bitterster Armut entstanden sein muss, findet man hier einen ganz eigenen Menschenschlag. Fleiß und Ausdauer sind einige der besonderen Eigenschaften.

Familienorientierung und eine werte-konservative Lebenseinstellung sind weitere Merkmale. Diesen Menschen und dieser Landschaft ist dieses Buch gewidmet.

Das Polizeirevier in Bitburg gibt es wirklich. Auch die meisten Handlungsorte, wie der Golfplatz in Burbach, die Fleischerei Billen, das Dorint-Hotel am Bitburger Stausee usw. sind real.

Doch die Handlung ist natürlich rein fiktiv, im Gehirn des Autors entstanden. Dies gilt natürlich auch für die meisten der handelnden Personen. Eine Übereinstimmung wäre rein zufällig und ist nicht beabsichtigt.

1. Tag, Montag

1

Als Alfons Strudel aufblickte, wusste er, dass er in wenigen Minuten seinem Schöpfer gegenüberstehen würde. Und hier im feuchten Gras zu liegen, war kein schöner Platz zum Sterben, wenngleich die Aussicht – zumindest wenn man aufrecht stand – wunderschön war. Er hatte die Diskussion, die er gerade geführt hatte, satt. Und sie erschien ihm außerdem nutzlos. Zusätzlich störte ihn, dass sein schönes Van Laak Hemd zerschnitten war – einfach durch ein Messer zerstört, vorne, auf der Hemdenbrust. Das würde sich nicht mehr kunststopfen lassen. Außerdem blutete er stark. Wieder etwas, dass auch bei sorgfältigem Waschen nur schwer herausgehen würde.

Dieses zusätzliche Gefühl der Übelkeit, eigentlich war ihm schwummrig, wusste er sich so gar nicht zu erklären. Damit verabschiedete sich sein Bewusstsein von dieser Welt.

Es verging noch einige Zeit, in der dem Toten mangels Gefühl entging, was mit ihm geschah. Er überließ es damit der Sorge des Ortsbürgermeisters, dass damit die Einwohnerzahl auf nur noch 663 Einwohner in Burbach fiel. Bisher waren es 664, wie dies im Dezember 2013 festgestellt worden war. Es interessierte ihn nicht mehr. Es war einige Zeit später, als man auf ihn aufmerksam wurde.

Der Greenkeeper des Golfplatzes in Burbach wollte gerade eine Bodenprobe zur Überprüfung der bestmöglichen Düngermenge und -zusammensetzung auf dem Grün des 18. Lochs nehmen und war dafür ausnahmsweise nicht mit seinem Golfcart unterwegs. Er hatte seinen SUV genommen, weil er ein wenig verspätet war. So fand er den Toten am Rande des Grüns.

Das konnte er nun wirklich nicht brauchen, denn er wollte noch die Proben der anderen kritischen Stellen auf dem Golfplatz nehmen. In zwei Stunden würden diese in einem absolut neutralen Wagen mit Frankfurter Kennzeichen abgeholt werden, um dann ins Labor zur Analyse zu gelangen.

Der gute Zustand des Platzes war sein ganzer Stolz, und wenn er bedachte, was sich in den letzten 20 Jahren in der Qualität des Geländes verändert hatte, war dies ein besonderer Erfolg. Aus einer „Kuhwiese", wie er dies immer ein wenig respektlos nannte, war hier einer der besten Golfplätze von Rheinland-Pfalz entstanden, wenn nicht gar von Deutschland. Das liebste Eigenschaftswort, das der Greenkeeper Alex für seine Putting Greens verendete, war „immaculate" – makellos.

Aber das gut gehütete Geheimnis waren die Laborwerte und Düngungsvorschläge des Labors. Keiner hatte bisher herausgefunden, dass der Erfolg in diesen Analysen und Vorschlägen lag. Um dieses Geheimnis zu hüten, hatte der Greenkeeper extra auf seinen privaten Namen ein Postfach in Trier gemietet, wo die Ergebnisse immer pünktlich, zwei Tage nach dem Probenversand, eintrafen. Er fuhr offiziell an diesen Tagen nach Luxemburg, um dort preiswert zu tanken, was er auch tat.

Die Grenze zu Luxemburg ist nur ein paar Kilometer von Trier entfernt und die Einsparungen beim Tanken, beim Zigarrettenkauf und bei Kaffee sind schon so bemerkenswert, dass es sich lohnt, dorthin zu fahren. Viele Menschen aus der Südeifel taten dies und fanden es normal.

Daher konnte eine Tankstelle in der südlichen Eifel auch nur schwer überleben.

2

Seufzend nahm er sein Handy aus der Jackentasche und wählte die Nummer von Hauptkommissar Bernd Birnbach im Polizeipräsidium in Bitburg. Er kannte ihn, weil der Hauptkommissar im Dorf wohnte und natürlich auch Mitglied im Burbacher Golfclub war.

Im Präsidium war noch nicht viel los. Stupps stürmte gerade atemlos herein. Sie war – wie immer – zu spät. Sie erreichte gerade noch den Telefonhörer, denn nach dem sechsten Klingeln legten die meisten Anrufer auf. „Polizei Bitburg, Kriminalassistentin Lupf hier", meldete sie sich vom Apparat des Hauptkommissars. Die Antwort kam prompt. „Ach Du bist's, Stupps. Morning. Eigentlich wollte ich den Hauptkommissar." Natürlich wusste Stupps, dass am anderen Ende der Leitung der Greenkeeper des Golfclubs Lietzenhof in Burbach war. Sie kannte ihn „ein wenig näher" aus der Vergangenheit.

„Nee, der Hauptkommissar ist noch nicht da. Wird noch Zuhause sein. Soweit ich weiß, hatte er gestern eine anstrengende Nachtsitzung, wo sich einige Leute das eine oder andere gemeinsam durch den Kopf haben gehen lassen." Die sonst ein wenig tollpatschige Assistentin des Hauptkommissars hatte es diesmal geschafft, mit diplomatischem Geschick den Rotweinabend des Hauptkommissars gut zu umschreiben. Das war Loyalität zu ihrem Chef! Sie war außer Puste, denn sie war vom Parkplatz bis zum Büro schnell gelaufen, wie sie fand. Ein neutraler Beobachter hätte die Fortbewegung ihrer 85 Kilo als leichte Wellenbewegung analysiert.

„Also probier's mal bei ihm Zuhause. Ich muss hier unbedingt weitermachen. Tschüss.", verabschiedete sie sich atemlos und etwas abrupt. Aber wenn Sie so in Eile war wie heute und ihr die Gelegenheit zum Frühstück gefehlt hatte, brauchte sie unbedingt zunächst eine Verschnaufpause und danach einen Kaffee, um überhaupt arbeitsfähig zu werden.

„Das wird ja super.", sagte er in die Leere seines Mobilphones. Der Greenkeeper wählte erneut und erreichte den Hauptkommissar in seiner Wohnung. „Morning, Bernd. Der Name, von ihm ausgesprochen, hörte sich eher wie Böööörnd an. Alex here. You are still in Burbach, auch hier klang es eher wie Böööörrbach. Er sprach es wie Börbach aus, weil sein Deutsch nicht so perfekt war, denn er kam aus Irland. „We've got a corpse here. You need to be here, immediately!!!" Also im Klartext: „Hier ist ein Toter. Mach Dich auf die Socken, sofort!"

„Hallo, Alex. Jetzt mal langsam, weil ich eine schwere und anstrengende Nacht hinter mit habe. Was ist los? Wo bist Du? Und wo soll ich hinkommen?", fragte der Hauptkommissar, noch ein wenig schläfrig und nicht wirklich fit für den Tag. Solche Anrufe brauchte er so nötig wie ein Loch im Kopf. Und schon wieder hatte sein neues Smartphone einen albernen Klingelton von sich gegeben mit der Melodie „Trink, trink, Brüderlein trink." Das passte ja zum gestrigen, etwas erhöhten aber vorzüglichen Weingenuss wie die Faust aufs Auge, aber wer kann so etwas schon früh am morgen ertragen? Er hatte dieses Telefon erst ein paar Tage und fand nicht die richtige Einstellung für einen anständigen, sinnvollen Klingelton, und so nervte es ihn, immer wieder neue Töne für ankommende Anrufe zu hören. Er würde sich darum kümmern müssen, wenn er nicht verrückt werden wollte.

„Well, hier am Green von Loch 18 liegt ein Mann, und er ist tot. Bloody dead, you know."

Au, Mist! Einen Toten am Morgen nach einem Abend mit einer etwas längeren Weinprobe (die Bezeichnung Weinprobe war hier eine Umschreibung für ein handfestes, jedoch durchaus stilvolles Besäufnis) konnte der Hauptkommissar eigentlich gar nicht brauchen, denn er war gerade erst, vor ein paar Tagen, aus dem Urlaub gekommen. Eigentlich wollte er die kommenden Tage dazu verwenden, Reste aufzuarbeiten und den Aktenberg auf seinem Schreibtisch zu erledigen. Aber Tote bedeuteten immer tagelange Recherchen und was sonst noch. Großartig! Solch ein Tag konnte man als „gebraucht" einstufen. Es würde nichts Besseres mehr kommen.

Mühsam versuchte er, sich unter die Dusche zu quälen, seine Morgentoilette zu erledigen, und verwendete den Rest seiner Energie darauf, sich tageslichttauglich erscheinen zu lassen. Dann verließ er das Haus und fuhr zum Loch 18 des Golfplatzes.

3

Als der Hauptkommissar am Putting Green des Lochs 18 ankam, waren dort schon relativ viele Menschen. Er war zuerst zum Haus des Golfplatzbesitzers gefahren und hatte sich dort ein Golfcart ausgeborgt. Das sind die kleinen Wagen, mit denen man bequem über den Platz fahren kann, ohne die ganze Strecke zu Fuß gehen zu müssen.

Woher die Leute kamen, konnte er nur ahnen, aber die Straße, die von Neustraßburg kommt und nach Nimshuscheid führt, und weiter über Feuerscheid an der Autobahnauffahrt vorbei nach Plütscheid und Waxweiler, ging hier vorbei und man hatte von dort aus einen guten Ausblick auf das letzte Putting Green von Loch 18. Also waren die Leute auf dem Weg zur Arbeit einmal kurz hierhin abgebogen oder die Leute, die unbedingt pünktlich zur Arbeit mussten, hatten ihre Ehefrauen angerufen, damit sich diese um das Ereignis kümmern konnten. Die Buschtrommeln in der Eifel sind gut und schnell.

Glücklicherweise hatte nur der Greenkeeper bisher das Putting Green betreten. Die anderen standen im Kreis um den Toten herum, und dass er tot war, daran bestand kein Zweifel.

Natürlich kannten die Herumstehenden den dicken Braumeister. Dass er unter Ihnen Freunde hatte, wäre eine grobe Missachtung der Tatsachen gewesen. Bemerkungen wie „Ekelpaket" waren noch die positiveren Äußerungen. Er war also nicht gut gelitten in seiner Umgebung. Es lag wohl an seinem Verhalten in der Vergangenheit, wo er sich redlich bemüht hatte, nach besten Kräften viele Leute vor den Kopf zu stoßen. Und das ist schon ein wenig schwierig in der Eifel. Denn man ist hier meist neutral den Leuten gegenüber, die nicht so ganz in die Gemeinschaft hineinpassen, aber wirkliche Abneigung ist selten.

Es fing damit an, dass er versucht hatte, die Miete zu prellen, oder zumindest auf ein für ihn erträgliches Maß zu reduzieren, denn er litt chronisch unter Geldmangel. Auch war den Leuten nicht entgangen, dass sein Fahrstil des Öfteren vom Alkoholkonsum beeinflusst wurde.

Und - nicht zu vergessen - er hatte einen großen Appetit auf nähere Kontakte zum weiblichen Geschlecht. Wobei er nicht wählerisch war, wenn es darauf ankam, zu unterscheiden, ob die Dame, auf die er ein Auge geworfen hatte, anderweitig gebunden war, sei es durch eheliche Gelübde oder anderweitig. Das wurde ihm in der Eifel nicht gerade zum Vorteil ausgelegt.

So wurde denn gerätselt, ob ein eventuell geprellter Ehemann oder jemand, dem er Geld schuldete, die Ursache für sein plötzliches Ableben sein könnten.

4

Nur wenig später kamen die Spezialisten der Spurensicherung. Mit ihnen kam der Arzt zur ersten Untersuchung des Opfers. Der Fundort wurde rundum abgesperrt und das Team ging an die Arbeit. Es war zwar noch nicht klar, woran das Opfer gestorben war, aber eines schien sicher: Ein natürlicher Tod war unwahrscheinlich. Schnell verschwand der Arzt wieder mit dem Hinweis, dass die Untersuchungen ein paar Tage in Anspruch nehmen würden. Dann hätte man wohl belastende Ergebnisse und Beweise.

Es sah schon sehr eigenartig aus, die ganz in weiß gekleideten Mitarbeiter der Spurensicherung mit ihren weißen Overalls und Schuhüberziehern. Fast wie ein Karneval der Anstreicher. Es wurden Zeichen aufgestellt und von allen Seiten fotografiert und dann ein wenig weiter noch ein paar zusätzliche Schilder. Wussten die Beamten, was sie taten? Natürlich war es schwer, in dieser Umgebung zu beurteilen, was wirklich relevant war für die Tat.

Da der Hauptkommissar hier für den Augenblick keine neuen Erkenntnisse mehr sammeln konnte, machte er sich auf den Weg nach Bitburg, um die Ermittlungen aufzunehmen und die Aufgaben in seinem Team zu verteilen.

5

Als Bernd Birnbach in seinem Büro eintraf, hatte seine Assistentin, die alle nur Stupps nannten, bereits frischen Kaffee neu aufgebrüht und wartete gespannt auf den ersten Bericht. Neugier war ihre zweite Natur, aber das ist ja auch wichtig, wenn man bei der Kripo für die Verbrechensaufklärungen tätig ist. Sie wusste inzwischen, dass es sich bei dem Toten um den Braumeister Alfons Strudel handelte. Sie wusste auch, dass er einen zweifelhaften Ruf als Weiberheld hatte und auch sonst kein Heiliger war. Wenn man ein so umfangreiches Netzwerk von Bekannten, Freunden und ehemaligen oder bestehenden Liebhabern hat, ist es einfach, die ersten Informationen brühwarm auf den Tisch zu bekommen.

Der Hauptkommissar rief seine Truppe zusammen. Neben Stupps, das war die Kriminalassistentin Monika Lupf, gehörte der gerade neu hinzugekommene Kriminalkommissar Beat Petz zum Ermittlerteam. Beat Petz war Bernd ein wenig suspekt. Dieser war ganz plötzlich hier aufgetaucht, während er im Urlaub war. Es gab keine Erklärung, warum er so Knall auf Fall jetzt hier in der Eifel arbeitete. Und seine Neigung, praktisch beim Glockenschlag 17 Uhr aus der Tür zu sein, machte ihn nicht zum Liebling der Abteilung, die es gewohnt war, die Mehrarbeit, die bei aktuellen Fällen unvermeidlich war, gerecht auf alle Schultern zu verteilen. Der Vorname „Beat", und das war noch so eine Besonderheit, wurde als Be-At ausgesprochen, also beide Vokale, Selbstlaute, wurden getrennt ausgesprochen, weil dieser Vorname schweizerischen Ursprungs ist.

Was aber so richtig irritierte, waren die Sprüche, die Beat bei jeder möglichen und unmöglichen Gelegenheit vom Stapel ließ. Es war, als habe er aufblasbare Fettnäpfchen rund um sich aufgestellt, um auch nur ja keines zu verpassen. Und selbst Stupps, die wirklich sehr offen für vieles war, fand diese Sprücheklopferei auch nicht immer lustig, wenngleich es manchmal zu großer Heiterkeit führte. Bernd nahm sich vor, dessen Personalakte im Laufe der nächsten Tage einmal gründlich zu studieren, denn bisher hatte er dazu noch keine Zeit gefunden. Vielleicht würde sich Beat doch noch ins Team integrieren lassen. Sonst würde er für eine Versetzung zu einem anderen Standort plädieren.

Kurz schilderte Bernd Birnbach die ersten Erkenntnisse vom Fundort auf dem Golfplatz und was er dort vorgefunden hatte. Er erzählte auch von den Vermutungen der Umstehenden, mahnte aber zur Vorsicht, dass das Gehörte auch gut nichtssagende Gerüchte sein könnten, die aller Tatsachen entbehren.

Als Erstes musste man einmal Informationen über den Toten sammeln, um sich ein vorläufiges Bild von ihm und seinen bisherigen Lebensumständen zu machen. Stupps wusste von ihren ersten Telefonaten, dass Alfons Strudel bei Elfriede Baum zur Miete wohnte. Eine etwas ältere Witwe, in den 70er Jahren, die ihm das Nebenhaus vermietet hatte, in dem früher eine ältere Dame gewohnt hatte, die aber vor einigen Jahren ins Altersheim übergesiedelt war und Elfriede mit der Betreuung ihres kleinen Hauses betraut hatte. Dort hatte der Eifelneuling, als er vor Jahren aus dem Hessischen kam, eine einfache, aber bequeme Wohnung gemietet, mit eigenem Eingang, sodass er glaubte, relativ ungestört zu sein. Bei dieser Nachbarin war dies allerdings schlecht möglich, denn Elfriede Baum wusste viel und erfuhr fast alles. Böse Zungen bezeichneten sie auch als „Eifel-Zeitung", weil sie über alles sehr gut informiert war. Man konnte sie eigentlich alles fragen und bekam darauf eine mehr als ausreichende Information, inklusive der Hintergründe.

Das war also die erste Recherche, die man vornehmen wollte.

Außerdem war bekannt, dass das Opfer in einer Brauerei am alten Flugplatz in Bitburg arbeitete. Das war der zweite Ansatzpunkt, an dem man Nachforschungen anstellen würde.

Der Hauptkommissar verteilte die Aufgaben und so fuhr er als Nächstes wieder zurück nach Burbach, um dort mit der Vermieterin zu reden.

6

Während er zu der Vermieterin fuhr, ließ sich der Hauptkommissar noch einmal mögliche Motive durch den Kopf gehen.

Die Frauengeschichten von Alfons könnten für den Mord verantwortlich sein. Ein verprellter Ehemann konnte zu viel gekriegt haben und Alfons aus Rache getötet haben. Doch keiner wusste, mit wem das Mordopfer eine Affäre hatte, da alles im Geheimen passierte.

Seine Geldschulden, man munkelte von hohen Beträgen, könnten ebenfalls das Motiv darstellen. Alfons hatte hohe Schulden von den Wetten der letzten Bundesligasaison, über 700 Euro bei verschiedenen Leuten.

Sogar in der Kneipe von Resi hatte Alfons Schulden. Außerdem schuldete Alfons seiner Exfrau den Unterhalt für seinen Sohn Kevin. Was er sonst noch für Schulden hatte, wusste derzeit niemand genau.

Im beruflichen Umfeld könnte auch ein Motiv für den Mord liegen. Alfons hatte Feinde bei der Arbeit, die vom Untergebenen-Mobbing herrührten und auch Leute, die er früher bei seinem Arbeitgeber in Hessen auf der Karriereleiter überrundet hatte, waren nicht gut auf ihn zu sprechen.

Das waren bisher alles nur Gerüchte. Es würde dauern, bis man diese überprüft hatte.

7

Der Hauptkommissar hielt vor dem Haus von Alfons Strudel. Die Vermieterin, Elfriede Baum, war gerade auf dem Weg aus dem Haus, um bei einer Bekannten Mittag zu essen. Aber sie ging gern mit dem Hauptkommissar zurück, denn zu groß war die Erwartung, etwas Neues zu erfahren.

Zunächst einmal bat der Hauptkommissar sie um den Schlüssel zum Haus von Alfons Strudel. Nur widerwillig ließ sie den Hauptkommissar allein in die Wohnung, denn sie wollte zu gerne erfahren, was er dort suchte und finden würde. Selbstverständlich wusste sie, wie es darin aussehen würde, denn sie putzte dort zwei Mal im Monat. Mehr wollte der Braumeister nicht, auch wenn das zu selten war, wie sie ihm immer wieder versichert hatte. Aber seine Entgegnung war: „Bei Anderen mag man vielleicht vom Boden essen können, aber ich habe für so etwas einen Tisch." Er war einfach bei solchen Ausgaben sehr geizig.

Nur mühsam hatte der Hauptkommissar es geschafft, allein in das Haus zu kommen. Es sah aus, wie man dies von einem Junggesellen erwartete. Unaufgeräumt! Schmutzige Wäsche lag überall herum. Bemerkenswert war, dass die Bekleidung von hervorragender Qualität war, so zum Beispiel stammten alle Hemden von Van Laak, einem hochwertigen Herrenmodenlieferanten aus Mönchen-Gladbach. Überall lag diese Wäsche herum, im Wohnzimmer, im Schlafzimmer und auch im Bad. Im Schlafzimmerschrank sah er aber auch Pakete mit frisch gebügelter Wäsche. Alle waren von einem Bügelstübchen in Bitburg säuberlich verpackt und frisch zur Benutzung.

Es war nichts wirklich Bemerkenswertes auf den ersten Blick in der Wohnung zu finden, aber Genaues herauszufinden, überließ der Hauptkommissar selbstverständlich dem Spurensicherungsteam, das in Kürze aus Trier eintreffen würde. Ihm ging es jetzt nur darum, einen ersten Eindruck zu gewinnen und mögliche erste Spuren zu sichten.

Nach der ersten Durchsuchung der Schriftstücke fand er viele Mahnungen. Meistens als dritte Mahnung gekennzeichnet mit der Androhung von Inkassomaßnahmen. Aber eine Mahnung war etwas Besonderes.

Dabei handelte es sich um eine handschriftliche Mahnung, ohne Absender, nur unterschrieben mit dem Namen Elke. Sie enthielt eine deutliche Drohung.

Das war eine erste Spur. Ob sie Bernd Birnbach weiterhelfen würde bei der Suche nach der Täterin?

Ohne weitere Erkenntnisse verließ er das Haus und ging wieder zu der Vermieterin.

8

Elfriede fragte ihn natürlich sofort, ob er etwas gefunden hätte. Der Hauptkommissar verneinte, denn er wollte natürlich nicht, dass sein Fund bekannt wurde. Hier wurde zu viel getratscht und das würde den Ermittlungen nicht guttun.

Er fragte sie nach den Lebensumständen des Braumeisters. Da hatte er eine Goldmine entdeckt, denn die Nachbarin des Opfers hatte sehr wohl mitbekommen, dass es vielfache Damenbesuche gab, zu allen möglichen Zeiten. Einige der Mädels kannte sie, aber es gab auch viele, deren Namen sie noch nicht herausgefunden hatte. Summa summarum aber hatte Alfons Strudel recht viele Besucherinnen gehabt. Sehr ungewöhnlich für diesen Teil der Eifel, wo häufig wechselnde Damenbekanntschaften nicht zur Norm gehörten.

Auch wusste die Dame davon zu berichten, dass er des Öfteren betrunken nach Hause gekommen war, mal mit Auto und auch schon mal ohne. Manchmal hatte er sie mitten in der Nacht herausgeklingelt, wenn er schon wieder seinen Hausschlüssel verloren hatte. Das fand sie störend und unangenehm und schimpfte jedes Mal mit ihm und drohte, das Schloss austauschen zu lassen, damit nicht jeder Dahergelaufene mit dem verlorenen Schlüssel ins Haus eindringen konnte.

Außerdem, und das fand sie besonders gemein, schuldete er ihr noch die letzten zwei Monatsmieten. Sie schimpfte „So eine Gemeinheit, wo ich mit meiner kleinen Witwenrente auskommen muss. Das ist wirklich schlimm." Das sich die Geldscheine auf ihrem Festgeldkonto stapelten ... Na ja, das hatte sie wohl vorübergehend vergessen, oder verdrängt?

Also kurz und gut – der Tote war ein Saufbold und Frauenheld. Und Schulden hatte er auch.

Na, prima, dachte der Hauptkommissar. Hier gab es potenzielle Täter und Täterinnen ohne Ende.

Wieder klingelte das Handy von Bernd. Diesmal war es ein Klingelton mit der Melodie „Willst Du mein Herz bezwingen ..." Der ständig wechselnde Klingelton machte ihn verrückt, aber er wusste nicht, wie er das beheben konnte. Am Telefon war Stupps, die wissen wollte, wann er ins Hauptkommissariat käme, damit man mit der weiteren Arbeit beginnen könnte. In Wirklichkeit war sie natürlich gespannt, was der Hauptkommissar in der Bleibe des Opfers herausgefunden hatte.

Er versprach, in 20 Minuten dort zu sein.

Als er sich verabschiedete, gab er Elfriede seine Karte und bat sie, ihn bei neuen Informationen anzurufen. Seufzend fragte er sich jedoch, ob man auch zu viele Informationen haben könnte. Bei der potenziellen Zeugin fürchtete er, einen information-overflow zu haben, also viel mehr zu wissen als er brauchte.

9

Im Büro angekommen, bat der Hauptkommissar seine Assistentin herauszufinden, wer denn die ominöse „Elke" war, die die bedrohliche Mahnung versandt hatte, denn er hatte in der Wohnung des Opfers keinen Umschlag gefunden, der zu der Mahnung gehörte.

Dann kam die schwierigere Aufgabe. Wie konnte man den vielen Damenbesuchen nachspüren, die scheinbar ein wesentlicher Bestandteil im Leben von Alfons Strudel gewesen waren. Hier stand man zunächst einmal ohne zusätzliche Informationen auf dem Schlauch. Man musste unbedingt noch einmal mit Elfriede Baum reden, um zumindest zu erfahren, welche der Damen sie kannte. Damit war Elfriede eine der wesentlichen Informationsquellen für diesen Zweig der Ermittlungen. Der Hauptkommissar übertrug diese Aufgabe an Stupps, denn er wusste, dass eine Schnattertante am meisten einer anderen – ebenso wortgewandten – erzählen wird. Hauptsache, sie macht einmal einen Moment Pause, um einzuatmen.

Und sonst? Mehr wusste man noch nicht, obwohl der Hauptkommissar sich noch an die eine oder andere Vermutung bei der Durchsuchung am Fundort des Toten erinnerte. Aber er wollte hier nicht unnötig spekulieren und wertvolle Personalresourcen vergeuden, sondern systematisch diesen Fall klären.

Als Nächstes also noch mal mit der Vermieterin des Toten reden. Das war jetzt Stupps' Aufgabe.

Stupps wählte Elfriede Baums Nummer. Nach dem dritten Klingeln wurde abgenommen. „Tach, Elfriede", meldete sich die Kriminalassistentin. „Esch muss noch emal schwätze mit Dir, wesche dem Alfons. Bist De heut Nachmettach do? Da wird esch vorbei kumme un disch noch was froch." „ Ja, klor", kam es von Elfriede zurück. „Isch frei misch uf Disch, mer habbe uns jo lang nit mehr g'sehe."

Damit war das Nachmittagsprogramm von Stupps erledigt. Und sie hätte auch noch Zeit, in ihrer Lieblingsboutique vorbeizufahren, um nach einem dringend benötigten neuen T-Shirt Ausschau zu halten. Denn sie fand, dass Ihr Kleiderschrank doch noch wesentliche Lücken enthielt.

Als sie in ihrem Lieblingsladen ankam, hatte die Inhaberin gerade eine neue Sendung T-Shirts hereinbekommen, also gab es viel zu sehen und anzuprobieren. Schade, dass so wenige in der passenden Größe dabei waren. Nun ja, bei der passenden Größe hätte mancher vorgeschlagen, sie solle lieber in ein Geschäft für Campingbedarf gehen, um dort nach einem Zweimannzelt Ausschau zu halten. Aber das war natürlich ein wenig gemein. Sie war mit ihren 152 Zentimeter Körpergröße und 85 Kilo ein wenig zu breit und zu dick für ihre Größe. Man kann natürlich auch sagen, sie war zu klein für ihr Gewicht.

Endlich fand Stupps etwas Passendes. Ein T-Shirt mit einer Aufschrift, genau über dem Brustbereich und die lautete: ‚Ich habe auch ein Gesicht'. Es war zwar eine halbe Nummer zu klein, sodass die Körperfülle doch stark betont wurde, aber das störte sie nicht. Sie bezahlte und ging.

Froh gelaunt fuhr sie anschließend nach Burbach, um mit Elfriede zu reden. Auf dem Weg dahin machte

Sie einen kleinen Schlenker und fuhr nach Biersdorf am See, denn dort gab es ihrer Meinung nach die besten Kuchen und Torten. Sie ließ sich in der Theis-Mühle, so hieß die Konditorei, zwei Stücke Schwarzwälder Kirschkuchen einpacken, denn Sie wusste, dass Elfriede dafür empfänglich war. Das würde den Redefluss noch einmal zusätzlich in Gang bringen.

Bei der Vermieterin angekommen, wurde sie herzlich empfangen, denn für Torte würde Elfriede selbst nachts aufstehen. Sie war halt ein Leckermäulchen. Als dann auch endlich der Kaffee fertig war, setzten sich beide Frauen ins Wohnzimmer und Elfriede erzählte ausführlich über ihren nun verstorbenen Mieter.

„Er war oft bei Resi in der Kneipe, wenn er denn mal nicht auf Tour war oder mit seine Frauleut beschäftigt war. Aber da war auch oft Streit mit anneren." Gerade vorige Woche war bei einem Essen der Altherrenmannschaft des Burbacher Sportvereins wieder so etwas passiert. Das hatte ihr ein Nachbar erzählt.

„Na un. Wat waar denn los?", fragte Stupps. „Na jo, da hat dann de Stürmer-Nobbi, kennsse doch, hier uff de Stroß wohnt de, na, de hat em jesacht, wenn dei Köter noch emal an meine Reife pinkeln dut, dann fahr ich erst de Köter platt und danach Disch. Fast hätt es ne Schlägerei gegebe."

Stupps wollte wissen, ob Elfriede etwas zu den finanziellen Verhältnissen des Toten sagen könnte. Da hatte Sie aber eine Informations-Goldgrube aufgetan. „Jerade vor e paar Daach, da hat der Jerichtsvollzieher den jroßen SUFF abjeholt. Er hat wohl mehr als drei Raten nit bezahlt. Un jetz isser wech un er hat nur noch sein alte Golf, den er hier vor 4 Monate abjestellt hat und still vor sich hinroste dat." Stupps brauchte einen Moment, bis sie begriff, dass Elfriede mit ‚SUFF' ihre eigene, spezielle Ausdrucksweise für große Geländewagen, also SUV, gefunden hatte.

Auf die Frage, wie oft er denn zum Golfclub fahren würde, wusste Elfriede nur, dass er ausschließlich montags dorthin ging, weil dann Ruhetag war und er somit keine Platzgebühren zahlen musste. Dafür war er zu geizig. Auch sparte er sich dadurch die Mitgliedsgebühr. Dass dies nicht gern gesehen wurde, war ihm natürlich egal. Aber Freunde macht man sich durch ein solches Verhalten nicht.

Von der Brauerei brachte Alfons regelmäßig seinen Haustrunk mit. Nur selten – eigentlich fast nie – gab er davon etwas an Elfriede ab, wo sie doch so gern ein wenig Bier trank. Am liebsten jeden Abend ein Fläschchen.

10

Bernd erinnerte sich an die letzte Nacht: Es hatte Besuch gegeben von Stefan Gerner, dem geschäftsführenden Gesellschafter von WIP in Tinnum auf Sylt. WIP war ein Weinfachhandel fürdie Gastronomie auf Sylt.

Er hatte als Geschenk ein Kistchen Wein mitgebracht vom Weingut Rene Bouvier, mit dem wunderschönen Weinnamen ‚Montre Cul' aus dem französischen Burgund – wo Frauen mit dem Hintern nach oben stehend die Trauben lesen. Dieses Bild der Frauenhintern war um die Welt gegangen und hatte diesen Wein berühmt gemacht. Die Wein- und Weingutbeschreibungen von Stefan Gerner würden Scheherazade, die Tochter des Wesirs aus Persien nicht nur Tausendundeine Nacht überleben lassen, sondern sie würde den König Schahriyâr um viele, viele Jahre überleben.

Er war auf dem Weg an die Mosel, um dort Andreas Bender zu treffen, und anschließend würde er noch Roman Niewodniczanski, vom Weingut van Volxem an der Saar besuchen. Bernd hatte diesen Fast-zwei-Meter-Mann mit Zopf einmal bei einem Besuch der Gastro-Messe auf Sylt getroffen, der am Samstag zuvor immer der Kampener Weinpfad einherging. Eine hochwertig angelegte Weindegustation bei sechs Gastronomen in Kampen, die jeweils zwei Winzer vorstellten und dann kleine Appetithäppchen reichten. Roman Niewodniczanski von van Volxem hatte er im Kampener Hotel Rungholt getroffen und sofort sowohl seine Weine gemocht, also auch diesen außergewöhnlichen Winzer mit seiner neuen Weinkultur zu schätzen gelernt. Trotz der schwierigen Aussprache des Nachnamens hatten viele diesen Namen verinnerlicht.

Die Meisten nannten ihn jedoch einfach nur Niewo, das war leichter zu merken. Als Winzer des Jahres 2012 wurde er als ‚weißer Ritter von der Saar' bezeichnet. Ein bekannter Fernsehmoderator meinte über ihn: ‚Er beherrscht das Gesetz der bedingungslosen Qualität.'

In einem anderen Lokal hatte er Andreas Bender kennengelernt, und sich auch für dessen außergewöhnliche Weine begeistert, die zum Teil auch zum Cateringprogramm bei der Lufthansa gehörten.

Wie der Hauptkommissar in die Eifel kam? Bernd war ursprünglich bei der Kriminalpolizei im Raum Köln tätig. Durch das Golfspielen war er in die Eifel gekommen, hier nach Burbach.

Durch Zufall erfuhr er beim Golfspielen mit Hans, dass eine Stelle frei war im Bitburger Dezernat und bewarb sich dafür. Prompt wurde er auch angenommen.

Bernd zog in die Mietwohnung im Hause der Familie Neuss ein. Hans Neuss war seit langer Zeit sein Golfpartner. Sie spielten immer zusammen um eine Runde Kakao. Und obwohl Hans seinen siebzigsten Geburtstag schon längst hinter sich hatte, war er derjenige, der in 99 % der Fälle am Ende den Kakao ausgegeben bekam.

Die sagenhaften Stunden im Restaurant des Golfclubs nach einer Runde auf dem Platz, in denen Hans Witze erzählte, konnten Stunden dauern und die Runde der Zuhörer wurde dabei immer größer. Wieder mal an einem Nachmittag nach einer erfolgreichen Golfrunde war Hans bester Laune und die Leute lauschten gespannt auf seine nicht enden wollenden Witze.

Nach dem Kakao bestellten sich die beiden eine Cola. Von den Zuhörern wurde Obstbrand ausgegeben.

Hans schüttete diesen Obstbrand immer in seine Cola mit dem Kommentar: „Ich trinke keinen Alkohol", so lange bis seine Cola fast durchsichtig klar war. Mit seinem Ausspruch wollte Hans nur sagen, dass er kein Bier trank. Obstler gehörte seiner Meinung nach nicht in die Kategorie Alkohol.

Ein anderes Mal, als beide früh morgens auf dem Golfplatz waren, war Bernd zum Mittagessen bei der Familie Neuss eingeladen. Als sie beim letzten Loch angekommen waren, lieh sich Hans das Handy von Bernd, um damit seine Frau anzurufen und ihr zu sagen, dass sie jetzt die Kartoffeln auf den Herd stellen könnte, da sie in spätestens zwanzig Minuten wieder zu Hause sein würden.

11

Im Zuge der Wohnungsdurchsuchung fand man Notizen über die Freundin von Alfons. Sie hieß Annerose-Maria Torreti und war Lehrerin.

Daher besuchte der Hauptkommissar sie im Regino-Gymnasium am Hahnplatz 21 in Prüm. Er kam dort genau zum Ende einer Biologiestunde an, die Annerose-Maria gehalten hatte. Nun hatte sie eine Freistunde und damit Zeit, mit ihm zu reden. Es waren nur ein paar Meter zu Fuß zur „Alten Abtei" am Hahnplatz 24, um sich dort in Ruhe zu unterhalten.

Auf die erste Frage, wie Sie das Opfer kennengelernt hat, erzählte Sie, dass sie Alfons auf einem Elternsprechtag zum ersten Mal gesehen hat, als er sich ausnahmsweise mal um sein Kind kümmern musste, weil seine Frau ihn dazu verdonnert hatte. ‚Wenn Du schon keinen Unterhalt bezahlst, kannst Du ja zumindest mal in die Schule für mich gehen, denn ich muss hier im Lokal arbeiten.'

Sie berichtet dann, wie sie sich näherten und zusammen kamen. Zunächst eine Essenseinladung. Sie fand ihn sehr attraktiv, auch wenn er ihr komplett etwas vorgemacht hat. Aber das wusste sie natürlich damals noch nicht.

Sie war sofort verknallt, wusste nicht warum – aber es war um sie geschehen. LOVE AT FIRST SIGHT! Er war einfach ihr Traumprinz, obwohl er Bier machte, war er sanft wie ein Eichhörnchen, hatte viele Tipps für ihren Bio-Unterricht, schlug vor, sie und ihre Klasse zu einem Besuch in der Hollertau einzuladen, um dort eine Hopfenernte zu erleben. Dass es auch einen Hopfenbauern in der Eifel gab, das wusste er nicht.

Natürlich hatte sie inzwischen auch vom Tod Alfons' erfahren und machte sich schwere Vorwürfe. Sie hatte starke Schuldkomplexe wegen der Verwünschungen, die sie nach dem Streit mit Alfons ausgesprochen hatte. Eine Kräuterhexe prophezeite ihr einmal, dass sie mit ihren Verwünschungen Menschen töten könnte.

Der Hauptkommissar fragte sie nach dem Grund des Streits. Zunächst einmal druckste Annerose-Maria herum. Sie wollte nicht so richtig heraus mit der Sprache. „Das ist eher privat. Ich möchte darüber nicht reden.", versuchte sie abzublocken.

Der Hauptkommissar machte ihr jedoch klar: „Bei Todesfällen oder Morden gibt es nichts Privates mehr, zumindest nicht für die Polizei. Also reden Sie schon, sonst lasse ich Sie ins Polizeipräsidium offiziell vorladen. Das wird sich schnell herumsprechen, kostet Sie viel Zeit und ob das Ihnen als Vorbild und Respektsperson nutzen wird, wage ich zu bezweifeln."

„Ja, gut", begann sie. „Es gab da eine unschöne Szene, weil Alfons sich mit einer anderen Frau eingelassen hatte. Das kann ich nicht gut ertragen, denn ich liebe ihn." Sie bleibt dabei in der Gegenwart, denn sie hat eigentlich noch gar nicht realisiert, dass der Braumeister tot ist. „Darüber kam es zum Streit. Er meinte, dass dies lediglich ein einmaliger Ausrutscher gewesen sei, aber ich wusste genau, dass dies mehrfach geschah."

„Und was geschah dann?", fragte der Hauptkommissar.

„Ich habe ihm gesagt, er soll sich zum Teufel scheren. Ich will ihn nie wieder sehen, denn so etwas bricht mir das Herz. Das kann ich nicht ertragen."

Und nach einer Weile, sehr still: „Ich hab' ihn regelrecht rausgeworfen, obwohl er schon viel Alkohol getrunken hatte. Auf seine Frage, wie er denn nach Hause kommen solle, hab ich ihm gesagt, es sei mir egal. Mit der Taxe, zu Fuß - egal. Einfach nur raus mit Dir!"

Weitere Informationen waren nicht zu bekommen. Daher fuhr der Hauptkommissar zurück aufs Revier. Für ihn war es eine „normale" Auseinandersetzung zwischen einem Paar, und die Freundin einfach ein wenig übersensibel. Dass Verwünschungen töten konnten ... Na ja, das mochte bei Vodoo-Religionen funktionieren, aber hier waren sie in der Eifel. Da gibt's kein Voodoo! Zumindest nach Kenntnis von Bernd. Für ihn war damit die Freundin - zumindest fürs Erste - abgehakt.

12

Der Hauptkommissar kam nach Dienstschluss aus Bitburg und bevor er endgültig nach Hause fuhr, ging er eben mal schnell zu Resi, der Besitzerin des Gasthauses Trappen in Burbach. Man hatte ja von den Umstehendem beim Auffinden der Leiche gehört, dass der Tote des öfteren Streit hatte. Und wo konnte man mehr darüber erfahren als in der gut besuchten Dorfwirtschaft, wo sich praktisch das gesamte Dorf traf, um diese von Medizinern als notwendig erachtete Flüssigkeitsaufnahme von 2-3 Litern täglich zu vollziehen. Wenn ein Mediziner jedoch gesagt hätte, dass sich Getränke wie zum Beispiel Bier dazu nicht eignen, hätte man dies höflich überhört oder diesen Teil der Aussage als Lüge qualifiziert.

Freundlich wie immer begrüßte Resi den Hauptkommissar, es waren nur die zwei bis drei üblichen Suffköppe an der Theke festgetackert, ansonsten war es ruhig. Bernd fragte Resi, ob sie denn etwas von einem Streit gehört habe, den Alfons mit irgend jemandem gehabt hatte.

Resi in ihrer diskreten Art „wusste" davon natürlich nichts.

Es dauerte ein paar Minuten, bis dann die kleine dralle Bedienung hereinkam. Eine sehr freundlich und beliebte Nachbarin, die Resi bei dem abendlichen Besucheransturm als Servierein entlastete.

Auch sie wusste natürlich vom Tod Alfons Strudels, und in ihrer frischen netten Art erzählte sie im schönsten Eifeler Platt: „Jau, do war doch ewas. Vor ä paar Daaach, do war der Alfons hie jestande und do hat de

Stürmer-Nobbi ihn jesacht, wann dei Köter noch emal a mei Reife pinkele tut, dann fahr ich ers deine Köter platt und dann bis du draaa."

Bernd bedankte sich höflich für ihre Hilfe und versprach, sie als Quelle nicht zu nennen, wenn dies nicht unbedingt sein musste.

Die stillen Trinker, die fast schon zur Inneneinrichtung gehörten, hatten diese Unterhaltung gar nicht mitbekommen. Sie waren viel zu stark damit beschäftigt, den Inhalt ihrer Gläser zu leeren, denn es hatte ja gerade frische Rente gegeben.

13

Ja, diese Drohung hatte nicht nur die Bedienung des Gasthaus Trappen gehört, sondern auch einige Umstehende. Aber natürlich hatte man das nicht so ganz ernst genommen. Nobbi war immer ein wenig aufbrausend und dann sagte er manchmal Sachen, die er normalerweise später wieder bereute. Aber der Hund von Alfons Strudel, der ging ihm wirklich mächtig auf die Nerven.

Wenn der Hund an seinem Auto vorbei kam, passierte immer dasselbe: Der Köter pinkelte an die Reifen seines Autos. Immer!

2. Tag, Dienstag

14

Stupps ist eine richtige Eifeler Pflanze. Ihre Eltern waren früher kleine Landwirte, die jedoch im Zuge der wirtschaftlichen Veränderungen ihren Bauernhof aufgeben mussten. Ihr Vater arbeitete seitdem bei einem großen Landmaschinenhändler in Bitburg. Stupps' Schwester Christine, genannt Chrissi, war inzwischen 38 Jahre alt. Seit vielen Jahren verheiratet mit Lieutnant General Marc Spitz. Sie wohnen in Houston, Texas, da Marc dorthin versetzt worden war von der US Armee.

Zuvor war Marc einige Jahre in Bitburg am Flugplatz stationiert. Wie dies so üblich war bei amerikanischem Personal, konnte er sich eine Wohnung außerhalb der Militärbasis suchen und so kam er als Mieter in die Einliegerwohnung des neugebauten Hauses von Familie Lupf.

Über kurz oder lang lernte man sich näher kennen und wie das Leben so spielt, lernte Marc Chrissi noch ein wenig näher kennen. Bis klar wurde, dass dieses Liebhaben nicht ohne Folgen bleiben würde. Nun ist es in der Eifel nicht ungewöhnlich, dass Ehen zwischen Einheimischen und Amerikanern geschlossen werden und so war die Hochzeit ein schönes Ereignis mit sehr vielen Gästen. Auf der einen Seite sehr viele Verwandte der Braut. Auf der anderen Seite auch viele Freunde und Bekannte des Bräutigams, der auf dem Bitburger Flughafen einen sehr ausgedehnten Kreis von Kontakten hatte.

Vor allem deswegen, weil er besondere Bezugsquellen für preiswerten Alkohol und Zigaretten kannte, die immer eigenartigerweise ganz plötzlich und unerwartet von Transportern der US Luftwaffe fielen und dann natürlich nicht mehr verkauft werden konnten, sondern vernichtet werden mussten. Marc hatte diese Form der Vernichtung perfektioniert und für ihn wirtschaftlich in sinnvolle Bahnen gelenkt.

Kurz darauf kam ihr gesundes und niedliches Mädchen namens Sarah auf die Welt. Man konnte sie als Mamas Aufapfel bezeichnen und seit dieser Zeit verbrachte auch Opa jede freie Minute mit dem Kind.

Fast unermesslich war der Abschiedsschmerz, als Marc von Bitburg nach Houston versetzt wurde und die kurze Vorbereitungszeit von nur sechs Wochen machte dies nicht einfacher. Marc musste seine außermilitärischen Sachen, wir sprachen bereits über seinen Vernichtungsfeldzug gegen Alkohol und Zigaretten, ordnen, und fand dafür einen geeigneten Nachfolger, der auch das entsprechende Startkapital zur Verfügung hatte. Als Abschiedsgeschenk für seine Freunde hinterließ er einen Kofferraum voll mit American Whiskey und Malboros. Man würde ihn wirklich vermissen!

Kurze Zeit später hatte das deutsch-amerikanische Paar ein Haus in Houston gekauft und dank Marcs Nebeneinkünften auch schnell abbezahlt. Trotz der großen gesellschaftlichen Anerkennung, die durch Marcs Nebenjob kam, fühlte Chrissi sich ein wenig einsam, so weit weg von zu Hause. Marc hatte natürlich, kurz nachdem er seine Arbeit auf dem Flugplatz in Houston angetreten hat, sein Nebengewerbe dort wieder aufleben lassen. Man könnte den Eindruck haben, dass der Alkoholisierungsgrad der texanischen Luftwaffe durch ihn um ca. 0,3 Promille im Schnitt angestiegen sein musste.

Doch zurück zu Chrissi, die sich, obwohl sehr geliebt, doch ein wenig einsam fühlte ohne Eifler Familie. Bei einem der vielen geführten Telefonate, die ständig über den Atlantik hin und her gingen, wurde die Idee geboren, dass Stupps doch einmal zu Besuch nach Houston kommen könnte, und wenn es ihr dort gefiel, ließe sich dieser Aufenthalt zu einem Gastschuljahr in den USA ausweiten. So kam Stupps in den Süden der Vereinigten Staaten und fühlte sich vom ersten Tag an sau-wohl. Sie genoss das Leben.

Zu ihrem Geburtstag schenkte Marc ihr ihren ersten Stetson, den allseits bekannten Cowboyhut. Nun gehörte der Platz vor dem Spiegel Stupps. Es gab nur wenige Momente, an denen Stupps nicht davor saß und sich bewunderte, so sehr gefiel ihr das neue Kleidungsstück. Sie fand sich darin einfach sau-cool.

Nicht lange danach konnte ein Kunde von Marc seine Alkoholschulden nicht begleichen und bot ihm stattdessen die Bezahlung in Cowboystiefeln an. Cowboystiefel, muss man wissen, können in verschiedenen Ausführungen, ein Massenartikel sein. Es gibt aber dort auch Spitzenqualitäten, wo ein Paar leicht über 1500 US $ kosten kann. Und das ist noch längst nicht das oberste Ende der Preisskala.

Nun hatte Marc auch noch ein kleines Lager von Stiefeln, die er loswerden musste. Stupps bot ihm an, beim Verkauf zu helfen, wenn sie dabei ein Paar für sich bekam. Dies gefiel Marc, denn nach ur-amerikanischer Lebenseinstellung fand er, dass jeder Mensch für sich selbst sorgen musste, und dass dieser kleine Knubbel aus der Eifel so viel Mumm hatte, um sich dies zuzutrauen, imponierte ihm.

Gesagt, getan und nicht einmal drei Wochen später, hatten alle Stiefel einen neuen Besitzer bis auf das eine Paar, das Stupps für sich haben wollte. Es war ein ganz hübscher Stapel Geld, den Stupps ihrem Schwager geben konnte und es war ja klar, dass solche Geschäfte nur mit Bargeld erledigt werden konnten. Aus diesem Zeitraum stammte die Macke von Stupps, ständig Cowboystiefel zu tragen, sogar im Bett.

Nach etwa einem Jahr ging es sehr tränenreich zurück von Houston in die Eifel. Ihre Eigenheit, immer und überall Cowboystiefel zu tragen, behielt Stupps allerdings bei. Diese Marotte irritierte den ein oder anderen Freund doch stark, wenn das Mädel, mit dem sie etwas intimer spielen wollten, sich mal eben kurz im Bad frisch gemacht hatte, aber trotz aller Nacktheit noch ihre Stiefel trug und diese auch nicht auszog, wenn sie unter die Decke schlüpfte.

Die einen erregte dies jedoch stark, weil deren Cowboyfantasien dabei Amok liefen. Bei anderen führte dies zu stark hängenden Ergebnissen, weil eine vielleicht unbewusste Angst zum Vorschein kam, dass doch einmal spitze Sporen in Weichteilen zu spüren sein würden.

Die Vorliebe für Cowboyhüte und Westernboots sprach sich schnell herum in der Eifel und Stupps liebte es, wenn wieder ein neuer Hut oder neue Stiefel den Weg zu ihr fanden. Da Stupps nicht prüde war, wurde der ein oder andere auch schon mal zu einem nächtlichen Gastspiel eingeladen als kleines Dankeschön für das Souvenir.

Ein junger Mann hatte davon gehört und meinte, dies sei ihre übliche Masche. So sagte er zu Stupps, als sie an einem Nachmittag gemeinsam auf der Außenterrasse bei Resi saßen, dass er für sie als Geschenk einen Hut habe, dieser jedoch von ihr hinter seinem Bett abgeholt werden müsste. Stupps strahlte ihn an als sei er der Traumprinz ihres Lebens und versprach, sofort mitzukommen, aber vorher wollte sie etwas gegen ihren großen Durst tun.

Sie bestellte bei Resi einen zwei-Liter-Stiefel mit Bier und noch einen Pitcher mit Eiswasser. Pitcher, das kannten sie in der Eifel, dies sind diese unsäglichen 1,5 -Liter-Krüge, in denen die Amerikaner sich Bier servieren lassen.

Als dies gebracht wurde, nahm sie den Stiefel und meinte: „Ach, ich war doch gar nicht so durstig, wie ich dachte. Also ist das Bier für dich!". Mit diesen Worten schüttete sie ihm das Bier direkt über den Kopf, sodass er wie ein begossener Pudel aussah und mit der Bemerkung „damit sich deine Erregung in Grenzen hält", zog sie ihm die Hose nach vorne und goss ihm das Eiswasser mit den vielen Eiswürfeln in die Unterhose. Es war ja nicht schlimm, denn sie waren draußen, so gab es also keine Schweinerei, die jemand wegwischen musste.

Das röhrende Lachen der Gruppe um beide herum sorgte dafür, dass jegliche Annäherungsversuche dieser Art ein für alle Mal beendet waren. Jeder, der schon einmal einen Eiswürfel direkt auf dem Körper gespürt hat, wird dies nachvollziehen können.

15

Als Bernd an diesem Dienstag ins Büro kam, wartete schon eine Anrufnotiz auf ihn, es war der erste Tag nach dem Tod von Alfons Strudel und sie waren mit den Ermittlungen noch nicht wirklich weitergekommen.

Die Dame an der Telefonzentrale hatte ihm beim Hereinkommen mitgeteilt, dass diese Mitteilung wichtig im Fall seiner Mordermittlung sei. Vielleicht fand man jetzt eine verlässliche Spur zum Täter.

Gerade als er diese Notiz gelesen hatte, kam Beat ins Büro. Bernd gab Beat den Telefonzettel, den ihm die freundliche Dame von der Telefonzentrale gegeben hatte und bat ihn, dort anzurufen und zu klären, worum es sich handelte.

Mit einem leise gemurmelten „Die Telefonsklaven in der Eifel scheinen noch nicht ausgestorben zu sein oder deren Vorgesetzten merken so etwas nicht – aber manche Vorgesetzte merken ja eh nix.", machte sich Beat auf zu seinem Schreibtisch und wählte die Nummer auf der Notiz.

Es meldete sich der Kellner einer bekannten Kneipe: „Ja, ich bin der Hugo Alfes, der Kellner vom … und hier nannte er einen Namen, der klar machte, dass man darüber Stillschweigen wahren möge, um ihn als Informanten nicht auffliegen zu lassen „und ich wollte mal eben sagen, was da am Montagnachmittag so bei uns los war. Es war noch früh, so gegen halb vier, da kam ein fast 30-jähriger junger Bursche bei uns rein. Er war schon einigermaßen angetrunken und seine kanariengelbe Hose war sehr auffällig.

Bei allem Suff erzählte er seinem Thekennachbarn, dass es nun endlich dem Verbrecher heimgezahlt wurde und der in diesem Leben keine Rezepte seiner Familie mehr klauen würde. Aber da wusste ich noch nicht, dass der Alfons am frühen Montagmorgen tot auf dem Golfplatz gefunden worden ist."

Beat hörte sich das alles in Ruhe an und kommentierte, „Ja, ja, die Weiber und der Suff, die reiben n Menschen uff." Und fuhr dann fort „Können Sie denn abschätzen, wie weit das nur vom Suff generiertes, dummes Gerede war oder meinen Sie, da wäre ein Körnchen Wahrheit dran?"

Darauf der Kellner: „Ihre Sprüche sind ja schön, aber falsch. Denn mit Weibern schien der nix zu tun zu haben, der nimmt wohl keinem Kerl die Freundin weg.

Nachdem, was ich hier so über den Tod von Alfons Strudel gehört habe, suchen Sie ja nach Verdächtigen für den Tod vom Braumeister. Und weil Braurezepte immer ein gut gehütetes Geheimnis der einzelnen Brauereien sind, könnte das ja hier ganz gut passen. Er hat noch einige Zeit rumgeschwafelt und bevor es in eine richtige Sauferei ausartete, habe ich ihm gesagt, dass er von mir kein Bier mehr bekommt. Er stieg in sein Auto und fuhr davon. Wohin, ich weiß es nicht, aber ich habe ihn hier nicht das erste Mal gesehen." Und weiter: „So, in der Verfassung, in der dieser Mann war, traue ich ihm ohne Weiteres zu, dass er Dreck am Stecken hat und mit dem Tod von Alfons Strudel etwas zu tun haben könnte. So viel Hass, abgrundtiefen Hass und Rachegelüste, sieht man nur sehr selten."

Da Beat erst ein paar Tage in dieser Gegend arbeitete, konnte er das Gehörte nicht so richtig einordnen und erzählte das Konzentrat der Aussage dem Hauptkommissar. Währenddessen war auch Stupps schon eingetroffen, sehr zu ihrer eigenen Verblüffung, aber natürlich für jeden anderen aus der Abteilung doch wieder einmal herzhaft am Beginn der Hauptarbeitszeit vorbei.

Stupps bekam gerade noch mit halben Ohr mit, was Beat an Bernd berichtete und während beide noch darüber rätselten, wer denn dieser geheimnisvolle Gast der Bitburger Kneipe gewesen sein konnte, hatte sie bereits die Lösung. Als wohlinformiertes Mitglied der Eifeler Flüsterkultur wusste Stupps natürlich, dass es sich bei diesem Gast um Carl Emanuel-Maria Dachser handelt, der im Dorint-Hotel am Bitburger See wohnte.

Sie hat – strategisch genau richtig – eine Freundin in der Rezeption des Hotels, die ihr über diesen „bunten Vogel" und seine Extravaganzen erzählt hat. Vor allem sein Auto, ein BMW Cabrio M4 in leuchtendem Grün war natürlich so auffällig wie ein großer leuchtendroter Pickel am Hintern eines Nacktbadestrandbesuchers.

Gemeinsam fuhren Bernd und Beat zur Vernehmung dieses neuen Verdächtigen an den Bitburger Stausee.

16

An der Rezeption des Dorint Hotels erfuhren sie, dass ihr Gesprächspartner, Carl Emanuel-Maria Dachser, nicht im Hause sei. Sondern auf dem Weg nach Köln. Wie die Rezeptionistin vertraulich erzählte, dabei, einen neuen Lover zu suchen.

Sie wusste von einer etwas hässlichen Szene, als Carl Emanuel-Maria seinen alten Lover entsorgte, dieser tauchte tränenüberströmt bei ihr auf und fragte, wie er denn ohne Geld nach Köln kommen solle. Das wäre doch fast nicht möglich. Weil gerade eine japanische Reisegruppe angekommen war, hatte sie keine Zeit gehabt, sich darum zu kümmern, und das war ja auch gar nicht ihre Aufgabe.

Kurz und gut, Carl Emanuel-Maria war nicht da. Wann er zurückkommen würde, war nicht klar und so musste das Kripo-Team leider unverrichteter Dinge wieder abfahren.

Auf dem Weg zurück fuhren sie noch eben bei der Theis-Mühle in Biersdorf am See vorbei, weil Bernd da aus der hauseigenen Konditorei ein wenig Kuchen mitnehmen wollte. Tödlich für den Gang auf die Waage, aber ein Genuss für die Sinne.

Er erinnerte sich an die vielen Abende, die er dort mit dem Chef, Heinz-Peter Theis, verbracht hatte. In der Gaststätte – gleich rechts von der Theke nach unten ging das ab, hatten sie oft am hölzernen Mühlentrichter mit den Metallkugeln gespielt. Jeder, der verlorgen hatte, musste eine Runde von „Original Peter's Balsam" ausgeben. Das war ein Kräuterlikör mit 32 % Alkohol, der dort selbst gemacht wurde und eigentlich ein Verdauungslikör war. Einer genügte, denn der Magen hatte Angst vor dem nächsten – so stark war der.

Während der Kommissar und sein Vorgesetzter ergebnislos nach Bitburg zurückfuhren, war Carl Emanuel-Maria, er wurde eigentlich überall nur Charly genannt, auf dem Weg nach Köln, denn sein Sexualtrieb war schon mehr als 24 Stunden unbefriedigt.

Für einen Mann seines Alters, 28 Jahre, und seines großen sexuellen Appetits, eine ganz schön lange Durststrecke. Also bestand Handlungsbedarf, um einen neuen Abendabschlusspartner zu finden.

Charly kannte die Kölner Schwulenszene ganz gut, zumindest die interessantesten Punkte und so fing er dort an, wo er auch seinen letzten Spielgefährten aufgegabelt hatte, im Badehaus Babylon. Hier traf man oft die von Charly so bevorzugten jungen Bengels und je jünger, desto knackiger waren sie ja und knackig - danach suchte er.

Vor ein paar Tagen, am Donnerstag hatten die youngsters wie an jedem zweiten Donnerstag im Monat ihren ganz speziellen Tag im Badehaus. Er hoffte, dass davon noch ein paar übrig geblieben waren. Also würde der Schwarm, aus dem Charly fischen konnte, umfangreich und vielfältig sein.

Charly war auch für die von ihm gesuchte Zielgruppe ein ganz ‚ansehnlicher Brocken'. Mit seinen 28 Jahren war er in der vollen Blüte seiner Mannesjahre, seine 80 kg machten ihn zwar nicht gertenschlank, aber bei der Größe von 1,85 war das Gewicht sehr gut verteilt.

Seine regelmäßigen Besuche im Fitnessstudio unterstützten natürlich seine knackige Figur und seine Fast-

Sixpack-Vorderfront. Aber das war nicht einzige Grund, weswegen er so häufig ins Studio ging. Natürlich lernte er da auch die von ihm gesuchten knackigen Burschen kennen, aus denen er immer wieder seinen Pool von ständig wechselnden Toyboys auffüllte.

Abgesehen von diesen persönlichen und privaten Vorlieben war Charly vor Kurzem erst zum Geschäftsführer der Familienbrauerei Dachser ernannt worden. Nach etlichen Jahren von wirtschaftlichen Schwierigkeiten dieser einstmals berühmten und reichen Brauerei hatte er es sich auf die Fahnen geschrieben, diese wieder zu früherer Größe und Ansehen zu bringen, mit dem entsprechenden finanziellen Erfolg.

Als wichtigster erster Punkt dabei erschien ihm die Rückgewinnung des vor Jahren abhandengekommenem Geheimrezepts für das berühmte Festbier. Immer wieder wurde in seiner Familie davon erzählt, dass der damalige Braumeister, ein gewisser Alfons Strudel, dieses Rezept gestohlen hätte und bei seinem neuen Geschäftspartner als Antrittsgeschenk mitgebracht und anstatt von Kapital eingebracht hätte.

Wäre dies nicht der Fall gewesen, wäre es niemals zu dem damals erfolgten Einbruch bei Umsatz und Gewinn gekommen. Denn es stand alles schon fertig, die neuen Braukessel, die neuen Flaschen, extra dafür bestellt und produziert und die für damalige Verhältnisse so unvorstellbar teure und aufwendige Werbekampagne. Alles das, war fertig gewesen. Das einzige, was fehlte, war das Bier, gebraut nach dem neuen Rezept gewesen und der Braumeister war der einzige, der dieses Rezept kannte.

17

Auf dem Weg nach Hause hielt der Hauptkommissar noch kurz, um mit Joseph Lietzen zu sprechen. Als er dort ankam, öffnete ihm Mathilde Lietzen die Tür. Ein unbeschreiblich köstlicher Duft zog durchs Haus.

Mathilde bat Bernd herein und bot ihm ein Stück ihres gerade frisch gebackenen Mandel-Butterkuchens an. Daher also dieser himmlische Geruch. Das war ein Angebot, das er nicht ablehnen konnte.

Bernd erinnerte sich daran, dass Mathilde Lietzen in den ersten Jahren, in denen er Mitglied im Golfclub war, diesen Butter-Mandelkuchen für den Nachmittagskaffee ins Restaurant gebracht hatte. Es gab Clubmitglieder, die konnten diesen Namen gar nicht komplett aussprechen, so schnell und stark lief ihnen das Wasser im Munde zusammen. Und es gab noch viele andere tolle Rezepte, die Mathilde kannte und von denen die Clubmitglieder profitierten.

Wenig später kam der Golfclubbesitzer und man setzte sich zusammen auf einen Wein. Sie sprachen darüber, welche Auswirkungen der Mord an Alfons auf den Golfclubs und dessen Reputation haben würde. Besonders Joseph war ein wenig besorgt über die möglichen Auswirkungen.

„In welche Richtung gehen deine Befürchtungen denn genau?", fragte Bernd mit dem Weinglas in der Hand. Es war ein ausgezeichneter Weißwein, ein 2013er Riesling Scharzhofberger, Großes Gewächs, bei dem dessen Fruchtnuancen förmlich aus dem Glas springen.

Joseph musste nicht lange nachdenken und erzählte von seiner Ärzterunde, die immer mittwochnachmittags auf seinem Golfplatz spielte. Diese Ärzte waren nicht nur angenehme Leute, es war außerordentlich praktisch, bei ernsthaften Gesundheitsproblemen auf Bekannte zurückzugreifen oder diese fragen zu können, welcher Spezialist, bei welchem Leiden die beste Option darstellt.

„Es könnte negative Auswirkung haben. Aber bei genauer Betrachtung glaube ich, dass die Leute eher hier hinkommen, um einmal den Tatort zu sehen, denn das Blut ist ja noch im Bunker neben dem 18er Grün."

Und dann fiel Joseph Lietzen noch eine nette Anekdote zu ungewöhnlichen Vorfällen ein: „Einmal", erzählte er, „klagte die Wirtin der Gaststätte über Rückenschmerzen.

Doktor F. hat sie einfach aufgefordert, ihre Hose runterzulassen und hat ihr vor versammelter Mannschaft hinter der Theke eine Spritze verpasst.

Diese Tat hatte genau zwei Auswirkungen, zum einen für fürchterliches Gelächter der Gäste und zum anderen die kurzfristige Genesung der Wirtin."

Nach dieser Geschichte ging das Gespräch in eine andere Richtung, die Zukunft des Golfclubs wurde thematisiert. Joseph berichtete, dass in Kürze Bauplätze rund um den Golfplatz geschaffen würden, damit Golfer sich dort ein Haus bauen konnten.

Diese Pläne konnten erst in einiger Zeit umgesetzt werden, die ersten Planungsunterlagen waren jedoch schon da. Diese Unterlagen zeigte Jospeh dem Hauptkommissar.

Doch konnte er sich das wirklich wirtschaftlich leisten?

18

Ursprünglich war Familie Lietzen der größte Bauer des Ortes mit dem weitläufigen Besitz. Durch Landarrondierungen wurden Grundstücke zusammengelegt, die früher nach Eifelmanier handtuchartig verstreut waren. Diese Kleinstflächen gingen auf die Erbgesetze der napoleonischen Zeit zurück. Früher erbte der älteste Sohn den ganzen Hof. Die anderen Geschwister arbeiteten als Knechte und Mägde oder mussten in einen Hof einheiraten. Unter Napoleon erbte dann jeder, sodass auch größere Höfe über Generationen zu diesen Mini-Landwirtschaftsflächen wurden. Als dann in den 80er Jahren klar wurde, dass Landwirtschaft sich nur im ganz großen Stil noch lohnen würde, kam Joseph auf die Idee, diesen Golfclub zu schaffen.

Alle hielten ihn für verrückt, es war eine sehr ambitionierte Idee, sich vorzustellen, wie aus einem krummen Kartoffelacker und einer verschissenen Kuhwiese ein makelloses Grün werden könnte, wie es in Golfclubs in Griesbach, Mailand und South Carolina der Fall ist.

Aber Widerstände ließen Joseph nur wachsen. So zog er dieses Projekt durch, gegen alle Widerstände und allen Unkenrufen zum Trotz.

Weil ein Teil der Eifel nicht immer Änderungen gutheißt, gab es als erstes Hindernis die Planungsbehörden. Diese versuchten, die Planung des Golfclubs unmöglich zu machen. Gerichtsprozess für Gerichtsprozess mussten Behörden nachgeben, weil es keine planungsrechtlichen Vorgaben gab, die stichhaltig waren, um das Projekt zu stoppen. Da Behörden aber nicht nur gutes Sitzfleisch und Belagerungsvermögen haben

– daher die breiten Beamtenärsche – sondern auch ein langes Gedächtnis, um sich für Niederlagen zu rächen, kam die behördliche Auflage, dass das Erreichen des Golfplatzes direkt über die Landstraße viel zu gefährlich wäre. Es wurde daher angeordnet, dass es einen unterirdischen Tunnel geben müsste, der unter der L33 auf Kosten von Joseph geschaffen werden muss. Diese Straße führt von Neustraßburg nach Nimshuscheid und wurde von gefühlten 150 Autos pro Tag befahren. Diese angeordnete – völlig sinnfreie – Maßnahme hatte Ausgaben im höheren sechsstelligen Bereich zur Folge.

Zunächst aber einmal wurde – bis zur Fertigstellung des Tunnels – die Nutzung des Parkplatzes auf der Gegenseite vom Abschlag 1 verboten und die Einfahrt durch Flatterband abgesperrt. Diese Polizeimaßnahme wurde durch tagelange Kontrollfahrten von Streifenwagen nachhaltig überprüft. Da sich jedoch niemand an diese blödsinnige Anordnung hielt, kam es zu einem Bußgeldverfahren, in dem der Golfpatzbetreiber zu 100 Tagessätzen, umgerechnet 6.000 Euro, Strafzahlungen verdonnert wurde.

Nach dieser Gräueltat kam die nächste Beamtenmaßnahme. Ein schlauer Beamte hatte die Landesforstordnung sehr genau studiert und gefunden, dass es eine Anbaupflicht für Bäume gab bezogen auf die Größe der Landschaftsänderungmaßnahmen. Im amtlichen Bescheid wurde gefordert, dass 1500 Bäume zu pflanzen seien im Zeitraum von 2 Jahren.

Jeder, der schon einmal in der Baumschule war, weiß, dass Bäume nicht zum Schnäppchenpreis erworben werden können. So hätte auch diese Maßnahme zum wirtschaftlichen Ende des noch nicht fertiggestellten Golfclubs führen können und müssen und genau das war die Absicht des Amtsschimmels.

Die hätten es jedoch besser wissen müssen, sie hatten die Widerstandfähigkeit von Joseph Lietzen bereits kennengelernt. Durch einige Jagdfreunde erfuhr der neue Golfclubbesitzer, dass es in Osteuropa sehr große junge Baumbestände zu besonders günstigen Preisen gab.

Nach einiger Recherche setzte Joseph sich ins Auto und kaufte eine erste Charge von 500 Bäumen, die eine Größe von etwa einem Meter hatten. Denn die cleveren Beamten hatten vergessen, die Größe und das Alter der Bäume im Bescheid zu bestimmen. Da er die Bäume bei einem Förster kaufte, konnte dieser ihn auch gleich mit Personal versorgen, das diese Bäume einpflanzen und in der ersten Zeit in der Eifel betreuen konnte.

Diese Aktion wiederholte sich noch einmal, diesmal gleich mit 1000 Bäumen.

So waren die Auflagen erfüllt, ohne zum wirtschaftlichen Ruin des Golfclubs zu führen. Also im Spiel Behörden gegen Joseph 2:1.

3. Tag Mittwoch

19

Statt im Kommissariat fing Bernd Birnbach seinen nächsten Arbeitstag im Autohaus Eifel-Mosel an, denn dort arbeitete Stürmer-Nobbi, der mit bürgerlichem Namen eigentlich Norbert Schneiders hieß, seit Jahren als hoch angesehener KFZ-Fachmann und Werkstattleiter. Bernd wusste, das der Arbeitstag in der Werkstatt pünktlich um 7 Uhr begann und Norbert immer morgens der Erste war, der die Türen aufschloss und sein Team mehr oder weniger freundlich motivierte, das Beste zu vollbringen, wozu Schrauber und Mechaniker fähig sind. Der Anspruch war, selbst die Schrauber von Ferrari am Boxenstopp des Nürburgrings als lahme Truppe und blutige Amateure aussehen zu lassen. Dass dabei schon mal als Hinweis ein Schraubenschlüssel den ein oder anderen Auszubildenden nur um Bruchteile von Millimetern verfehlte, empfand Norbert als gute erzieherische Maßnahme.

Schon beim Hereinkommen grüßte der Verdächtige Nr. 1 den Hauptkommissar und fragte ihn: „Habt ihr ihn schon gefunden? Den, der Alfons den Garaus gemacht hat?"

Daraufhin der Hauptkommissar: „Nein, das ist gerade der Grund, warum ich jetzt hierhin komme.

Denn du hattest ja Streit mit Alfons und hast unter Zeugen gedroht, du würdest erst seinen Hund und dann ihn – und das scheint dein Originalton zu sein – plattmachen. Wenn du also kein gutes Alibi hast, dann bist du zum jetzigen Zeitpunkt der Hauptverdächtige. Sag was dazu!"

„Ja, nu da bin ich aber platt. Da hab ich nu gar nicht mit gerechnet Und das traust du mir doch auch nicht wirklich zu!". Und der der Autospezialist fuhr fort: „Du kennst mich doch. Ich bin zwar leicht und schnell auf 100, dabei brülle ich ein wenig lauter und bei mir fliegen auch schon mal die Brocken in eine unerwartete Richtung, wie meine Lehrlinge es immer mal wieder bemerken, aber eigentlich ... Richtige böse werden, das liegt mir nicht und das ... das kann ich nicht.

Und jetzt kommt das Dritte, es ist ja auch gar nicht nötig, denn die meisten Leute haben sowie einen Heidenrespekt und versuchen, mich erst gar nicht auf die Palme zu bringen."

Der Hauptkommissar erwiderte: „Das mag alles sein, aber für den Moment bist du der einzige Tatverdächtige mit einem Motiv. Also erzähl mal, was du zwischen Sonntag und Montagmorgen gemacht hast."

„Da war ich doch zu Hause, wie immer. Ich hab geschlafen und bin dann zur Arbeit gefahren. Meine Frau kann das bezeugen".

„Nun gut", seufzte der Hauptkommissar, „dann wollen wir es zunächst einmal dabei belassen. Komm heute oder morgen im Kommissariat vorbei, um Deine Aussage zu unterschreiben, und dann gucken wir weiter."

Irgendwie glaubte der Hauptkommissar nicht, dass Norbert die Wahrheit gesagt hatte, er konnte dieses Gefühl nicht untermauern, aber er blieb misstrauisch.

20

Bernd hatte beim ersten Besuch Norbert Schneiders an dessen Arbeitsplatz im Autohaus Eifel-Mosel nicht viel erfahren.

Im Gewerbegebiet von Bitburg betrieb die Fiima Eifel-Mosel GmbH, der größte Autohändler der Region, sein Geschäft und hatte den Vertrieb für insgesamt drei Automarken: Toyota, Lexus und Hyundai.

Dem Hauptkommissar ging immer noch die Drohung durch den Kopf. ‚Ich mache erst deinen Köter und dann dich platt‘, war schon massiv und er kannte Stürmer-Nobbi, der ja wie eri Burbach wohnte, als sehr impulsiven und aufbrausenden Menschen.

Also, zuzutrauen war es ihm.

Und ... man hatte am vermeintlichen Tatort Reifenspuren eines SUV gefunden. Obwohl Norbert einen Passat fuhr, war es ihm als Werkstattleiter natürlich möglich, jedes Auto, das auf dem Platz stand oder zur Reparatur dort war, zu nehmen und zu nutzen. Also hatte er keinerlei Schwierigkeiten an einen SUV zu kommen.

Etwas später am Tag:

Bernd traf sich noch einmal im Bitburger Autohaus Eifel-Mosel mit der Chefin, der unmittelbaren Vorgesetzten von Stürmer-Nobbi.

Diese bestätigte ihm, dass Norbert prinzipiell Zugang zu allen möglichen Autos haben könnte, wenn er das denn wollte. Sie traue es ihm zwar nicht zu, aber ganz ausschließen wollte sie es auch nicht.

Bei einer Tasse Kaffee in der Sitzecke ihres Chefbüros erzählte sie ihm, wie das Autogeschäft in der Eifel lief. Bernd erfuhr dabei, dass es nicht nur dieses Autohaus in Bitburg gab, sondern auch Filialen in Prüm und in Wittlich. Während die Marktanteile von Hyundai bundesweit bei über drei und bei Toyota/Lexus in Deutschland bei knapp unter drei Prozent lagen, war der Marktanteil im Vertriebsgebiet des Autohauses Eifel-Mosel um ein Vielfaches höher. Natürlich wollte der Hauptkommissar wissen, woran das lag.

„Zunächst einmal liegt das an der hohen Kundenzufriedenheit. Wir haben sehr viele Stammkunden, und die Service-Mentalität wird hier von allen wirklich gelebt. Wir stellen zum Beispiel jedem Kunden, der ein Auto zur Reparatur oder zur Inspektion gibt, einen für ihn kostenfreien Leihwagen zur Verfügung."

Bernd erinnerte sich, dass sein Kollege Beat hier vor einigen Tagen seinen Toyota Yaris zur 75.000er Inspektion gebracht hatte und an diesem Tag mit einem Toyota Auris als Leihwagen in die Polizeiinspektion gekommen war.

Und sie fuhr fort: „Unsere Kunden schätzen natürlich auch das Kundencafé im Autohaus, wo es nicht nur den besten Kaffee gibt, sondern wo sie auch kleinere Snacks genießen können, wenn sie einmal ein wenig warten müssen. Außerdem fragen wir systematisch die Kundenzufriedenheit ab. Wir wollen einfach immer erfahren, ob Kunden zufrieden sind oder nicht. Und die hohe Zufriedenheit ist unser wichtigstes Ziel, weil dadurch Kunden immer wieder kommen. Und Stammkunden braucht jedes erfolgreiche Unternehmen."

Es kam auch kurz zur Sprache, wie es mit der Pfändung des Autos von Alfons Strudel gelaufen war. Die Chefin erzählte, dass dies eine Standard-Prozedur sei, die von der Finanzierungsgesellschaft vorgeschrieben war. Nicht immer einfach, aber nicht zu verhindern. So konnten Autos, die nicht bezahlt wurden, doch recht zeitnah wieder in den Markt gebracht werden und evtl. ein Verlust verhindert werden. Oder zumindest verringert.

In der Zwischenzeit machte sich Stürmer-Nobbi doch starke Sorgen, wie er denn sein Alibi, er sei zu Hause gewesen, bestätigen könnte. Denn das war gelogen! Aber es gab natürlich einen Grund dafür. Dass dieser nicht ans Licht kommen sollte, hatte – fast normale Gründe.

Norberts Frau war über ein normales Maß hinaus eifersüchtig. Immer wieder vermutete sie, dass er sich mit anderen Frauen beschäftigte. Und klar, als früherer Stürmer des Sportvereins Burbach war er der Schwarm vieler Mädchen gewesen. Sie war sich nicht sicher, ob dies der Vergangenheit angehörte oder ob er heute noch immer die Lorbeeren seiner aktiven Sportlerzeit bei weiblichen Fans erntete. Hätte sie erfahren, was in den frühen Morgenstunden des Tattages geschehen war, hätte dies das Ende seiner Ehe bedeutet, denn sie hatte ihm unmissverständlich klar gemacht – ‚wenn ich dich nicht noch einmal mit einer anderen Frau erwische, zieh ich mit den Kindern zu meiner Mutter zurück'.

Norbert hatte also ein falsches Alibi, es hatte auch etwas mit einem Mädel zu tun, aber das sollte tunlichst sein Geheimnis bleiben.

Beim Verlassen des Autohauses traf der Hauptkommissar zufällig auf Norbert, der für heute seine Arbeit beendet hatte. Nochmals unterhielten sie sich über seine Drohung, den Köter des Braumeisters zu überfahren und danach auch den Hundehalter selbst. Bernd war einigermaßen überrascht, als er erfuhr, dass der Hund von Alfons Strudel inzwischen im Haushalt von Stürmer-Nobbi lebte und der beste Freund seiner Kinder geworden war.

Ein wenig aus dem Konzept gebracht, wünschte der Hauptkommissar Norbert einen schönen Feierabend und stieg tief in Gedanken versunken in sein Auto. Hier stimmte also etwas ganz und gar nicht. Und wenn etwas nicht stimmte, machte ihn dies immer sehr unruhig.

21

Es waren nur ein paar Minuten mit dem Auto vom Autohändler bis zum Präsidium.

Bernd ärgerte sich noch still darüber, dass ihm ein Einsatzfahrzeug seinen reservierten Parkplatz weggenommen hatte und überlegte, ob er sich einen neuen Vorrat an Verwünschungen und Flüchen anschaffen sollte. Er dachte dabei an Verwünschungen, die den Betroffenen schmerzhafte Warzen an den Hintern zaubern konnten.

Er stellte sein Fahrzeug an der Trennlinie des Parkplatzes vom Präsidiumsleiter ab und wusste jetzt schon, dass es Ärger geben würde, wenn der kommissarische Verwaltungsleiter dies bemerken würde.

In diesem Moment klingelte sein Handy mit der bekannten Melodie von Johnny Cash „Don't walk the line" . Stupps war am Telefon und fragte ihn, wann er ins Kommissariat kommen würde.

„Geh mir schon mal einen Kaffee holen, wenn die Tasse voll ist, bin ich schon da."

22

Etwas später saß Bernd mit seinem Kaffee in der Bitburger Polizeiinspektion zusammen mit Stupps und Beat Petz, das war der neue ihnen zugeteilte Kommissar, der seit ein paar Tagen ihr Team verstärkte. Noch war nicht klar, ob man ihn hierhin strafversetzt hatte oder er aus freien Stücken hier in die südliche Eifel gekommen war. Obwohl Stupps ihn zweimal darauf angesprochen hatte, war er einer Beantwortung dieser Fragen schuldig geblieben. Mit einem kühlen Lächeln ist er ihren Fragen bisher immer ausgewichen.

Doch zurück zum Ermittlungsteam. Man hatte inzwischen die ersten Ergebnisse der Spurensicherung. Es würde jedoch noch einige Tage dauern, bis die Laborbefunde vorliegen würden.

Das Messer, das bei Alfons gefunden wurde, konnte nicht zugeordneten werden. Fingerabdrücke wurden zwar gefunden, sie waren zum Teil aber verwischt und konnten keiner polizeibekannten Person zugeordnet werden. Es würde schwierig sein, den Besitzer zu ermitteln. Bei den Blutspuren handelte es sich offensichtlich um die des Opfers. Weitere zusätzliche Blutspuren anderer Personen waren nicht aufgetaucht. Doch was würden die gesammelten Labortests ergeben?

Inzwischen wusste Stupps auch, wer die Absenderin der Mahnung war, die man in der Wohnung von Alfons Strudel gefunden hatte. Es handelte sich dabei um die Ex-Ehefrau des Mordopfers, Elke Strudel. Seit einigen Jahren war sie mit Wilhelm Sahm verheiratet und hatte dessen Nachnamen sie angenommen. Sie betrieb in der Fußgängerzone von Bitburg eine gut gehende Kneipe, eigentlich schon eher ein Restaurant.

Elke war von der Größe her ein abgebrochener Zollstock genau wie die jetzige Freundin von Alfons, jedoch inzwischen weit gewichtiger als Alfons dies bei „seinen" Frauen liebte. Wahrscheinlich war sie wohl im Laufe der letzten Jahre ein wenig breiter und schwerer geworden.

Woher Stupps das alles wusste? Natürlich hatte sie die Vermieterin von Alfons danach gefragt, aber Elke Sahm war auch in Bitburg keine Unbekannte. Nur dass sie die Ex von Alfons Strudel war, das hatte bis her keiner gewusst.

Hatte sie vielleicht etwas mit der Mafia zu tun? Die Hinweise auf zukünftige fehlende Finger könnten dies vermuten lassen. Sie würden versuchen, es herauszufinden.

23

Die bei der Durchsuchung der Wohnung gefundene Rechnung ohne Rechnungsabsender war aufgefallen, weil dies die einzige Rechnung mit bezahlter Quittung war, ohne dass es eine sichtbare Mahnung gab. Dies erschien Bernd als relativ ungewöhnlich und der Hauptkommissar beschloss, dieser Spur nachzugehen. Aber wo sollte er anfangen. Neben der bezahlten Rechnung hatte er einige Flaschen Obstbrand gefunden. Auch auf dem Etikett war keine Herkunft zu erkennen.

Weil ja jeder Schnapsbrenner, auch die kleinen, Weinbrandsteuer bezahlen müssen, hatte Bernd eine Idee. Er rief einen Kollegen vom Zoll an, denn diese Behörde ist für die Entrichtung dieser Abgabe zuständig. Dieser Kollege kannte die Eifeler Obstbrenner und nach kurzer Beschreibung war klar, wer der Hersteller war. Er war bekannt und berüchtigt. Man hatte ihm das Brennrecht entzogen, weil er zweimal - rein versehentlich - mit einer Zange in die Verplombung gefallen war, und so - rein zufällig - die Verplombung zerstört hatte.

Aber, so waren die Gerüchte, er brannte weiter. Nur wo, das wusste niemand so genau. Im Großraum Rittersdorf, so war zu erfahren.

Der Hauptkommissar erzählte Beat Petz, was er über den Schnapsbrenner erfahren hatte und bat ihn, dieser Sache nachzugehen.

Also setzte sich Beat ins Auto und fuhr nach Rittersdorf. Zuerst über die B257, dann bog er rechts ab auf die L32, die Kölner Straße bis zum Finanzamt, dort bog er wieder links ab, fuhr auf die Rittersdorfer Straße die in die Bitburger Straße über geht, bis er das Hinweisschild auf Rittersdorf sah. Dort bog er links ab und fuhr nach Rittersdorf hinein. Hier im Ort fragte er sich durch und erfuhr bald, dass es einen Schnapsbrenner in einem Waldstück etwas außerhalb des Ortes geben sollte.

So genau schien das niemand zu wissen, aber die Ortsangaben waren ausreichend, um dem Kommissar den Weg zu weisen. Nach einigem Suchen fand er einen Waldweg und nach einigen Hundert Metern hielt er vor einer Jagdhütte. Hier gab es in einem Verhau neben der Hütte viele Kunststofffässer mit Obstschnitzeln, die langsam vor sich hingoren. Genau das richtige Material für einen Schnapsbrenner.

Kaum hatte er gehalten und war ausgestiegen, kam eine Frau mit misstrauischem Blick aus der Hütte und fragte, was er hier zu suchen hätte. Beat Petz stellte sich vor und sah, wie sein Gegenüber sich wieder umdrehen und gehen wollte. Er hielt sie auf mit der Bemerkung, dass er nicht an der Schwarzbrennerei interessiert sei, aber Hilfe bei der Aufklärung eines Mordes brauche. Noch immer zurückhaltend, lud sie ihn ein, ins Innere der Hütte zu kommen, denn es hatte draußen angefangen zu nieseln.

Schnell kam man zum eigentlichen Thema, warum Alfons Strudel einige Flaschen von dem Marillenbrand gekauft und diesen dann auch noch sofort bezahlt hatte, obwohl dies für ihn sehr ungewöhnlich war.

Über diese Frage kam Johann, so nannte die Frau den Schnapsbrenner, in die Küche und setzte sich hinzu. Die Frau, sie stellte sich mit Else vor, sagte, dass sie ein klares Geschäftskonzept hätten – keine Ware ohne

Geld – und das galt für alle Leute, also auch Alfons Strudel. Er hatte zwar mal darum gebeten, die Rechnung etwas später überweisen zu dürfen, das ging aber bei ihnen nicht.

Daraufhin meinte Johann: „Mer kenne en doch jar nitt, un bei unserem Obstbrand, da jet nur Bares. Wie solle mer sons Jeld eintreibe." Else erzählte von einem Wandbild, das bei einer ihrer Freundinnen in der Kneipe hing, auf dem die Zahlungsbedingungen klar darauf standen: In God we trust. All other pay cash. (Wir vertrauen auf Gott, alle anderen zahlen bar.)

„Er hat hier en paar Flaschen von unserem guten Marillenbrand gekauft un jesacht, dat er die als Preis fürn Gewinnspiel haben wollte. Wat dat aber genau war," Johann fuhr fort: „dat wisse mer net. Hat uns au ja net interessiert. Aber er hat sowat jesagt, wie Kuhlotto. Kennen isch net."

Gut, der Kommissar sah ein, dass hier kein Weiterkommen war und diese Spur ins Leere führte. Er verabschiedete sich, versicherte im Herausgehen noch einmal, dass er mit den Zollproblemen nichts zu tun hätte und fuhr zurück nach Bitburg.

In Bitburg war Bernd über den Bericht von Beat Petz nicht begeistert, aber was sollte man machen.

Bevor der Hauptkommissar an diesem Abend nach Burbach fuhr, machte er noch einen kleinen Umweg, um diesen Brenner kennenzulernen. Anhand der Beschreibung von Beat kannte er den Weg.

Er hielt vor der Hütte, es waren nur noch wenige Meter, die er zu Fuß gehen musste. Eine Frau kam aus der Hütte und fragte ihn, was er denn wolle. Der Hauptkommissar nannte seinen Namen, natürlich erwähnte er nichts von seiner Tätigkeit bei der Polizei.

„Man hat mir empfohlen, zu Ihnen zu kommen, denn ich suche Obstbrand."

Ein wenig misstrauisch schaute ihn die Dame an, denn ihr steckte noch der Schrecken des Polizeibesuchs vom heutigen Tage in den Knochen. Sie schaute ihn prüfend an, und scheinbar empfand sie ihn nicht als gefährlich.

„Ja, können Sie hier kriegen", war die Antwort. „Wollen Sie mal was probieren?" Hinter ihr tauchte ein Mann auf, offensichtlich der Schnapsbrenner.

Bernd schaute auf die Uhr und dachte: Oh Gott ... Eigentlich wollte er nicht, aber er hatte schon öfter von diesem Brenner gehört und dem ausgezeichneten Ruf der Obstbrände gehört. Er hatte dies aber nur als Gerücht gehört und sich nicht weiter darum gekümmert.

Er kannte in unmittelbarer Nähe von Bitburg bis Burbach ein halbes Dutzend Schnapsbrenner, aber dieser Bursche hier war scheinbar der Beste. Auf seiner Suche nach gutem Obstbrand hatte Bernd schon die unmöglichsten Ergebnisse probiert, von Alkoholika, die eher zum Abbeizen von Farbe bei Gartenzäunen geeignet waren und für seinen Geschmack keinesfalls zum menschlichen Verzehr geeignet, bis hin zu einem Obstbrand, der zwar sehr gut das Aroma der Früchte widerspiegelte, jedoch im Abgang sehr kratzig war.

Für seine Begriffe ein Destillationsfehler, der sich durch ein zweites oder drittes Brennen hätte beheben lassen können. Eventuell auch durch einsprechende Lagerung, zum Beispiel den gebrauchten Sherry- oder Portweinfässern, wie man dies von hochwertigem

Whiskys aus Schottland kannte. Er hatte da noch den ein oder anderen Schluck auf der geistigen Zunge, die ihm das Wasser im Mund zusammen laufen ließen.

Mit einem Blick auf die Uhr lehnte Bernd das Probierangebot ab, kaufte aber eine Flasche Marillenbrand, um dies in einer ruhigen Stunde abends zu probieren.

Eigentlich wollte er schon gehen und sich verabschieden, da lud ihn der eigentlich sonst immer so wortkarge Schnapsbrenner ein, die Brennvorrichtung anzuschauen. Nun ja, wir kennen inzwischen Bernd Birnbach als einen Genussmenschen und Genießen macht nur dann wirklich Sinn, wenn entsprechendes Wissen dahinter steht. Wie hätte er da widerstehen können? Und es war ja klar, mit der Zollfahndung hatte er nichts zu tun.

Johann ging mit ihm in ein etwas tiefer im Wald gelegenes Scheunengebäude, wo extra ein Raum für die Brennblase abgeteilt worden war. Er zeigte ihm zunächst einmal einen zusätzlichen Nebenraum, der vollgestellt war mit blauen Tonnen, alle bis zum Rande voll mit Obst und Flüssigkeit gefüllt. Wasser, wie Bernd von Johann erfuhr.

„Hier fängt das Ganze an. Wir nehmen das Obst, schneiden es in schnitzelgroße Stücke und füllen sie dann in eine Tonne, bis sie ca. ein Drittel ausfüllen. Den Rest füllen wir auf mit klarem Quellwasser. Dafür habe ich extra eine eigene Quelle hinter dem Haus bohren lassen, die bis zu 30 Meter in die Tiefe geht. Dadurch haben wir immer das reinstmögliche Wasser, das zudem auch noch sehr lecker ist. Früchte und Wasser sind die Qualitätsmerkmale für einen guten Obstbrand.

Die Süße der Früchte startet den Gärprozessen, der den Grundalkohol produziert, aus dem nachher durch die Brennvorgänge der hohe Alkoholgrad erzeugt wird.

Es gibt einige Brenner, die fügen besondere Hefen dazu, damit der Gärprozess schneller beginnt und in bestimme Richtungen gelenkt wird. Wir tun dies nicht, sondern lassen unserem Obst Zeit, bis es von alleine anfängt zu gären. Dies verzögert zwar den Vorgang und kostet Zeit, wir erhalten dafür aber den ursprünglichen Geschmack des Obstes. Viel stärker als dies bei anderen Methoden der Fall ist. Der Gärvorgang schließt bei einer bestimmten Alkoholkonzentration ab.

Dann beginnt der erste Brennvorgang. Wir füllen also Obst plus Flüssigkeit von diesen blauen Bottichen in diesen Kupfertank ein, den sie hier sehen. Darunter ist die Feuerstelle und obendrüber das, was wie eine Ofenpfeife aussieht, nach oben hin spitzer wird und abknickt in einem Winkel von 20 Grad und sich dann weiter verjüngt bis zu einem Durchmesser einer normalen Haushaltswasserleitung und dann in diesem Glasröhrchen hier endet, was sie direkt vor ihren Augen sehen. Dort wird das Ergebnis des Brennvorgangs kontrolliert."

Der Hauptkommissar unterbrach Johann: „Und dieser Hahn hier unterhalb des Glasröhrchens, wozu ist der?" „Ja, den brauchen wir, um den sogenannten Vor- und Nachlauf vom Hauptstrahl abzuschneiden.

Nur der Hauptstrahl darf für einen Obstbrand verwendet werden.

Bei der Destillation von Alkohol entstehen am Anfang und am Ende des Brennvorgangs Anteile im Destillat, die stark giftig sind. Die muss man nicht vernichten, sondern können für Industriezwecke genutzt werden.

Durch das fehlende Wissen um das Abscheiden von Vor- und Nachstrahl haben nach dem Krieg viele, die privaten Schnaps brannten, ihr Augenlicht verloren.

Sie erinnern sich vielleicht auch noch, wie vor ein paar Jahren in der Presse über eine Klassenabschlussfahrt aus Lübeck in die Türkei berichtet wurde, bei denen die Schüler vor Ort Schnaps ergatterten, der wohl schwarzgebrannt worden sein muss."

Bernd beschloss, hier noch einmal hinzufahren, wenn die Probeflasche zur Neige ging und das Probierergebnis zufriedenstellend. Damit verließ er diesen ganz besonderen Ort.

24

Das Brennen von Obst in der Eifel hat eine noch gar nicht so lange Tradition, die Brennrechte wurden u die Jahrhundertwende vom 18. auf das 19. Jahrhundert zum ersten Mal von Napoleon vergeben.

Nachdem die Eifel nahezu waldlos geworden war durch das extensive Abholzen der Wälder für die Eisenindustrie war die Eifel in noch tiefere Armut und in noch tieferes Elend abgesunken. Um dies ein wenig zu mildern, gestatte dieser französische Herrscher den Eifelbauern ihre Obsternten, meist würde man das als Krüppelobst bezeichnen, zu Alkohol zu brennen. Dieses Recht wurde jedem Landbesitzer zuerkannt im Zusammenhang mit seinem Baumbestand an Obstbäumen.

Seit dieser Zeit gab es viele Eifeler Bauern, die ihr Obst zu mehr oder weniger gutem Schnäpsen verarbeiteten. Dieses Recht konnte innerhalb der Familien vererbt werden. Es wurden danach keine neuen Rechte vergeben. Hatte man eins, konnte man es nutzen. Hatte man keins, hatte man Pech gehabt. Natürlich wurde die Zahl der Inhaber von Generation zu Generation minimiert, bis es dann nur noch ganz wenige gab, die über diese Rechte verfügten.

Diese Regelung war auch nicht verändert worden, nachdem die Eifel zu Preußen kam am Anfang des 19. Jahrhunderts. Die Preußen nannten diese Gegend nur das preussische Sibirien.

Nach dem Zweiten Weltkrieg wurden diese Brennrechte von den Besatzungsmächten wiederaufleben gelassen, um die weiterhin bestehende große Armut in der Eifel zu bekämpfen.

So kam auch Johann zu seinen Brennrechten.

Nicht jeder, der über Brennrechte verfügte, hatte auch eine Brennerei. Diese konnten allerdings mit ihrem Obst zu einem Brenner gehen, der dieses Obst für ihn brannte. In diesem Fall war der Brenner als Lohnunternehmer für ihn tätig und die Brennrechte gingen dem Inhaber nicht verloren.

Nun hatte Johann aber das Pech dieser ‚Fallsucht‘, denn die Abgaben der Alkoholsteuer machte das Geschäft weniger lukrativ. So wurde ihm das Brennrecht entzogen. Eine glückliche Fügung brachte ihn mit einem Jäger zusammen, der diese Jagdhütte besaß.

Auch er hatte ein wenig Dreck am Stecken, denn er schoss mehr Wild als ihm zustand. Und das bei dem Brennvorgang übrig bleibende Obst eignete sich hervorragend zur Fütterung von Wild, um es möglichst nahe an den Hochsitz zu führen.

Aber der eigentliche Grund, warum Johann hier im tiefsten Wald seinen Schnaps machte, war natürlich, dass hier die beim Brennen entstehenden Gerüche sich über weite Waldflächen verteilten und so fast nicht zu entdecken waren. Ein Glücksfall!

25

Irgendwie glaubte Bernd nach dem zweiten Gespräch mit Stürmer-Nobbi nicht mehr wirklich daran, dass dieser den Braumeister vom Leben zum Tode befördert hatte. Obwohl er ein Tatmotiv haben könnte mit seiner Drohung, sagte ihm sein Bauchgefühl, dass ein Täter, der dem Braumeister in die ewigen Jagdgründe verfrachtet hatte, danach wohl kaum dessen Hund aufnehmen würde. Er empfand dies als unlogisch.

Weil man hier wahrscheinlich nicht weiterkam, fuhr er auf dem Weg nach Hause noch für ein kurzes Gespräch zu Joseph Lietzen, dem Golfclub-Besitzer. Er wollte erfahren, ob es einen Hinweis auf die Reifenspuren am Auffinddeort der Leiche gab.

Es blieb natürlich immer noch die Nachforschung für die eigenartige handschriftliche Drohung, die er im Haus von Alfons Strudel gefunden hatte sowie dieser eigenartige Kneipenbesucher, der etwas davon gefaselt hatte, das der Tote nun keine Rezepte mehr stehlen könne. Diesen beiden Spuren wollte er natürlich noch nachgehen.

Wie so oft im Leben ist der Zufall der beste Helfer der Kripo und als Bernd bei einem guten Glas 2012er Schiefer Riesling von van Volxem mit Joseph zusammen saß, sprach er über dieses Problem.

Wie von selbst fand sich die Lösung, denn am gestrigen Morgen als die Leiche gefunden wurde, war der Greenkeeper ein wenig spät dran mit der Entnahme seiner Bodenproben.

Normalerweise fuhr er natürlich nicht mit seinem SUV über den Platz, aber da der Abgabetermin für die

Bodenproben nicht verschoben werden konnte, wollte er sofort vom Platz aus nach Luxemburg fahren, um dort die Probe noch rechtzeitig abzuliefern. Dass nun der Leichenfund seinen ganzen Zeitplan durcheinandergebracht hatte, war natürlich zu diesem Zeitpunkt noch nicht absehbar. Also könnte dies eine logische Erklärung für die Reifenspuren sein, die im Umfeld der Tat zu finden waren. Sicher war das aber noch nicht. Man müsste die Laborergebnisse abwarten.

Die Flasche Wein war erst halb geleert. Man schluckte ihn nicht so mal eben weg, denn dieser Wein mit moderatem Alkoholgehalt, ein finessenreicher, eleganter Bilderbuchriesling war schon etwas Besonderes. Da Bernd erst einige Jahre nach Gründung des Klubs Mitglied geworden war, erzählte im Joseph noch ein wenig über die ersten Jahre nach der Gründung.

Klar hatte er den größten Teil des Grund und Bodens für diesen mit ca. 60 Hektar großen Golfclub bereits besessen, denn er und seine Familie waren ja die größten Bauern am Ort gewesen, aber 60 Hektar – das sind 600.000 Quadratmeter – waren auch für den größten Bauern des Ortes mehr als er zu diesem Zeitpunkt besaß. So unterbreitete er allen anderen Grundbesitzern des Ortes ein Pacht- oder Kaufangebot, damit sie ihm ihre Flächen zur Verfügung stellen würden.

Wie die Eifler nun mal so sind, hatte der ein oder andere Grundbesitzer schon ein großes Leuchten in den Augen und die Vorstellung aus seiner kleinen Scholle ein mittleres bis größeres Vermögen durch Zahlung des Golfclubbesitzers zu erlangen. Joseph kannte seine Nachbarn, denn er war ja mit ihnen aufgewachsen und zur Schule gegangen, und dumm war er auch nicht.

Also erkundigte er sich zuvor über die Preise für Landverkäufe im Kreise Prüm und Bitburg und machte allen ein öffentliches Angebot, das etwa 1/4 oberhalb des Durchschnittspreises lag. Zu diesem Preis würde er alles kaufen, um die entsprechende Fläche bis zur geplanten Größe des Platzes zu erwerben. Entsprechendes galt für Pachtpreise, die auf langfristiger Basis vereinbart werden sollten. Klar, das er damit die etwas überhöhten Traumpreise der Verkäufer auf realistische Grundlagen zurückführte. Nicht jeder fand das toll. Seit diesem Zeitpunkt mochte der ein oder andere seiner Nachbarn ihn beim Kirchgang nicht mehr so freundlich grüßen.

Bernd war zwar ein begeisterter Golf-Dilettant. Das bedeutet, er spielte gern Golf, aber nicht wirklich gut.

Das tat aber seiner Begeisterung keinen Abbruch, und was er besonders liebte, das war der Abschlag 14. Von dieser Stelle aus hatte man einen Blick über die Eifel über 70 km, manchmal konnte man sogar die Kühltürme von Cattenom sehen, dem Kraftwerk in der Nähe des französischen Thionville. Eigentlich konnte man sich dort fühlen wie Gott nach der Erschaffung der Welt. Joseph erzählte ihm, dass die schönste Zeit, um diesen Abschlag zu genießen, der frühe Morgen, direkt nach dem Sonnenaufgang war und lud ihn ein, ihn am nächsten Montag, dem Ruhetag auf dem Platz dorthin zu begleiten. Man würde von dort aus eine ganz kleine Runde Golf gemeinsam spielen.

Eigentlich ist es in der Eifel ein offenes Geheimnis, nur nicht jeder weiß es. Golfclubs leben von den Mitgliedsbeiträgen aber auch von den Eintrittsgebühren der Golfer, die nicht zum Klub gehören. Diese Eintrittsgebühr nennt man Greenfee. Diese Greenfee ist von Klub zu Klub unterschiedlich in der Höhe und mit nur 55 Euro für wochentags und 65 Euro fürs Wochenende waren sie im Golfclub Lietzenhof durchaus moderat.

Um so ärgerlicher waren natürlich die Golfer, die versuchten, den Platz ohne Greenfee zu nutzen, denn ein Golfclub wie Lietzenhof bezahlt mittlerweile 20 Leute, die sich mit der Pflege des Platzes und dem Service beschäftigen. Für jeden, der rechnen kann, ist also klar, dass dies ein ganz ordentlicher Kostenblock ist.

Doch es gab einen Plan, die Platzgebühr trotzdem von den Nichtzahlern zu bekommen: Joseph Lietzen als begeisterter und eingefleischter Jäger hatte sich eine besondere Methode ausgedacht, wie er diese Nullzahler doch noch davon überzeugen konnte, ihre Platzgebühren zu entrichten.

In der ein oder anderen ruhigen Abendstunde nahm er sich einen Karton mit Schrotpatronen, öffnete ganz vorsichtig diese Patronen vorne, entnahm ihnen die Munition aus Schrotkörnern und ersetzte diese durch Pfefferkörner. Es waren Patronen für die Fasanenjagd, sodass sicher war, dass keine ernsthaften Verletzungen entstehen konnten. Mit dieser besonderen Munition wollte er dann schon einmal an einem Montagmorgen auf dem Hochsitz gleich neben dem Platz ansitzen, und wenn ihm einer dieser Nichtzahler vor die Flinte kam, würde auf das Gesäß dieses Delinquenten gezielt. Joseph traf immer!

Mit den Ärzten aus der Umgebung, die fast ausnahmslos mittwochs Nachmittags auf dem Platz ihre Arztgolfrunde spielten, war vereinbart, dass zusätzlich zu den Behandlungsgebühren für das Entfernen der Pfefferkörner aus dem Allerwertesten der Angeschossenen gleich eine Strafgreenfee in Höhe von 80 Euro mitberechnet und kassiert würde.

Klar war das nicht ganz nach den Buchstaben des Gesetzes. Und Amnesty International würde hier ein gefundenes Fressen für den nächsten Zwergenaufstand finden können, aber es entsprach dem Eifler Urinstinkt nach Gerechtigkeit und wer lässt sich schon gerne die Butter vom Brot nehmen. Bernd konnte sich nicht entschließen, darin ein Unrecht zu sehen.

Leider war dieser Plan jedoch im letzten Moment gescheitert, weil einer der Ärzte nicht dichtgehalten hatte. Damit wären die Folgen unabsehbar gewesen, und so blieb es leider nur ein Plan. Bedauerlich!

„Was ist denn jetzt nun mit den Ermittlungen wegen der Stichwunden bei Alfons.", wollte Joseph Lietzen von Bernd wissen. „Denn das ist doch die Todesursache, oder?"

„Ja, so richtig wissen wir das noch nicht. Klar haben wir ein Messer gefunden und es gibt auch viel Blut vom Opfer, aber wir müssen einfach die Untersuchungen des Labors abwarten, ehe wir da weiter kommen.

Das dumme an der ganzen Sache ist, dass wir zwar Fingerabdrücke am Messer haben, diese aber nicht zuordnen können und auch nicht wissen, woher dieses Messer kommt. Es gibt also einige hunderttausend Eifler Haushalte als potenzielle Lieferanten für die Tatwaffe."

26

Der Hauptkommissar hatte Beat gebeten, das Alibi von Stürmer-Nobbi zu überprüfen. Daraufhin fragte der Kommissar bei Nobbis Ehefrau einfach mal nach, wann er denn zur Arbeit losgefahren sei und erfuhr dabei, dass, als sie aufstand, er bereits weg war und ihr einen Zettel auf dem Kissen hinterlassen hatte. Auf dem stand, dass er ein wenig früher zur Arbeit gefahren sei. Eine Uhrzeit konnte dabei nicht in Erfahrung gebracht werden. Am Abend zuvor hat-ten sie ein wenig gefeiert. Daher war sie nicht wach geworden, als er aufstand.

Beat kommentierte diese Erkenntnisse mit dem Spruch, dass manche ihre Partner schönsaufen müssten, um sie überhaupt ertragen zu können. „Ich kann mir vorstellen, dass die zwei so in zwanzig Jahren auf der Bank vor dem Haus sitzen und sie ihn fragt, war unsere Ehe nicht schön? Und er das bestätigt, ja, du hast recht, unsere Ehe war nicht schön".

In diesem Moment klingelte das Handy von Bernd wiederum mit einem zur Situation, aber ansonsten komplett unpassenden Klingelton „Geh mal Bier holen, du wirst schon wieder hässlich" von Micki Krause.

Am Spätnachmittag fuhr Norbert die paar Schritte zum Kommissariat, um seine Aussage zu unterschreiben.

Während der Hauptkommissar und Stupps im Gespräch waren, übernahm Beat diesen Teil der Arbeit. In der Zwischenzeit war die Aussage sauber getippt und lag zur Unterschrift bereit. Aber dem stand natürlich das Ermittlungsergebnis von Beat gegenüber.

Also, hielt Beat ihm vor: „Nun stimmt es ja nicht so ganz, was Sie bei ihrer Befragung durch den Hauptkommissar erzählt haben. Können wir diesen ganzen Lügenmist umrunden und Sie kommen direkt zur Wahrheit?"

Die Entgegnung von Stürmer-Nobbi verblüffte den Kommissar, denn mit der Antwort „Dann hab ich eben keins. Und damit ist Schluss!" verweigerte er jede weitere Aussage dazu.

Beat beschloss, es für den Moment dabei bewenden zu lassen und dies zu einem späteren Zeitpunkt mit dem Hauptkommissar zu besprechen. Er änderte die Aussage von Stürmer-Nobbi entsprechend und ließ ihn dies unterschreiben.

27

Am Abend dieses dritten Tages der Ermittlungen traf Stupps sich mit drei Freundinnen im Gasthaus Trappen, bei Resi. Es war ihr normaler „Mädelsabend", den sie einmal im Monat abhielten. Nur die eigene Hochzeit oder ein eigener Aufenthalt im Kreißsaal könnte eine der jungen Frauen davon abhalten, daran teilzunehmen. Alberne Kleinigkeiten wie Tod eines Ehemanns oder Grippe usw. würden als Entschuldigungsgrund nicht gewertet werden und zu einer drastischen Strafe in Form einer 24-Stück-Packung Kleiner Feigling führen.

Kaum hatten die vier eine Kleinigkeit gegessen und die ersten Informationen über Klamotten ausgetauscht, tauchte als letzte Neuigkeit auf, dass Simone, eine etwa gleichaltrige Bekannte, nun seit Montag einen tollen kleinen Leihwagen von Eifel-Mosel in Bitburg hat.

Damit fährt sie jeden Tag zur Arbeit nach Luxemburg, während ihr Auto bei Eifel-Mosel repariert wird. Auf die Frage von Stupps „Wie kommt dat denn?", berichtet ihre Freundin brühwarm „Na, weeste dat denn nisch. Dat Simone is doch in der Nacht vom Sonntach aufn Montach in Luxemburg mit dem Auto kläwe bliewe, un da hattse de Stürmer-Nobbi aajerufen und der hatse dann jehollt."

„Dat wor ewa kläbissche schwierig, weil doch dem Norbert sei Frau so fürchterlich eifersüchtig is." Eine weitere der Freundinnen, Susanne, wusste auch darüber Bescheid und konnte die Runde weiter aufklären.

„Sie hat sogar gedroht, wenn er noch mal Fremdgehen würde oder sie nur davon erfahren würde, dass er mit einer anderen Frau etwas hätte, würde sie sofort ihre Sachen packen und mit den zwei Kindern zu ihren Eltern zurückziehen."

Daraufhin Stupps „So ein Quatsch, dabei weiß doch jeder, dass Stürmer-Nobbi seine Frau hemmungslos liebt und überhaupt keine Augen für eine andere Frau hat. Und bei deren Aussehen muss es wirklich Liebe sein. Aber sobald Nobbi nur mal zur Seite guckt, ist er in den Augen seiner Frau schon untreu geworden."

Stupps fragte nach, um ja keinen Fehler zu machen: „Also, noch mal. Der Nobbi ist in der Nacht von Sonntag auf Montag angerufen worden von Simone, weil sie in Luxemburg mit ihrem Auto festsaß, und er ist dann dahin gefahren, hat sie abgeholt oder abgeschleppt?"

Birte, die das Thema aufgebracht hatte, antwortete: „Jo, jenau so war dat, un dann hatse der Nobbi zum Autohaus Eifel-Mosel nach Bitburch jeschleppt. Nur wie jesacht, dat darf sein Frau net wisse!"

Damit war zum einen ein Alibi von Stürmer-Nobbi gefunden und bestätigt und auf der anderen Seite aber auch klar, warum er dazu nichts gesagt hatte, denn wer will schon gerne häuslichen Streit.

Nun, da dies besprochen war, ging es zum nächsten Punkt. Die Vorbereitung für den Antik- und Trödelmarkt in Prüm. Der fand jedes Jahr im Mai oder Juni statt. Die Frage war, wer macht was bis wann?

Während der anschließenden Diskussion über die nächsten zwei Stunden fiel der eine oder andere Piccolo den Damen zum Opfer. Frohen Mutes, stolz, etwas geschafft zu haben, trennte sich die Runde.

Auf diesem besonderen Markt, zu dem jedes Jahr viele Besucher aus der Umgebung nach Prüm kommen, verkaufte Stupps mit einigen Freundinnen aus ihrem Mädelskreis alte Sachen aus Kellern, Speichern und Scheunen. Die Flut von neuen/alten Sachen, die aus ihrem großen Freundes- und Bekanntenkreis auftauchen, nahm kein Ende.

Diesmal sollte eines der Highlights aus ihrem Verkaufsprogramm ein 1-spuriger Pflug sein, den Stupps von Freunden aus Rittersdorf geschenkt bekommen hatte. Das besondere daran war, dass Stupps einen Bekannten – es war ein früherer Bettgenosse – gebeten hatte, die Pflugschar, das ist der Teil des Gerätes, das bei der Arbeit im Boden versenkt und mit dem der Boden umbrochen wird, zu polieren und zu vergolden.

Damit hätten Sie ein Highlight, das sicherlich viele Besucher an ihren Stand bringen würde.

4. Tag, Donnerstag

28

Weil es am Abend zuvor doch ein wenig später geworden war, beschloss Bernd Birnbach, seinen Arbeitstag ein wenig später beginnen zu lassen. Nach einem ausgiebigem Frühstück mit Barista Kaffee aus seiner Maschine und Bratkartoffeln, die er aus frischen Kartoffeln zubereitete und bei denen jede Scheibe einzeln in der Pfanne gewendet wurde, damit sie diesen wunderschönen, krossbraunen Farbton erhielten, hatte er in einer zweiten Pfanne noch eine frische Bratwurst zubereitet, die natürlich auf seine ganz besondere Art von beiden Seiten vor dem Braten mit Senf bestrichen wurde, um danach von jeder Seite exakt 8 Minuten in der Pfanne zu braten.

Also, mit diesen Leckereien, die manchem für ein Frühstück die Tränen in die Augen trieben, setzte er sich in Ruhe in der Wohnküche zu Tisch und überflog die Überschriften des heutigen Trierer Volksfreunds.

Es war nicht besonders viel vorgefallen, ein mehr oder weniger intelligenter Bundestagsabgeordneter hatte sich seinen Laptop stehlen lassen, damit man die ihm zur Last gelegten Downloads von Ferkeleien mit Kindern nicht nachweisen konnte.

Ekelig, aber so sind nun mal Volksvertreter, der eine so der andere anders. Sexuelle Eigenheiten von Politikern waren nun nicht so selten.

Etwa eine Stunde später war das Frühstück genussvoll beendet und Bernd machte sich endlich auf den Weg.

29

Er fuhr zur Polizeiinspektion Bitburg. Danach ging er zu Fuß in die Fußgängerzone von Bitburg, denn das waren nur ein paar Schritte von der Polizeiinspektion auf der Erdorfer Straße. Er ging von der Polizeiinspektion rechts runter, die Erdorfer Straße entlang bis zur Petersstraße und kam dann zur Fußgängerzone auf der Hauptstraße.

Der Hauptkomissar kam am Gäßestrepper-Brunnen vorbei. Das war ein Wahrzeichen aus der Geschichte Bitburgs. Im 30-jährigen Krieg wurden die Bitburger von Schweden belagert. Die Vorräte gingen aus, aber die Stadtväter hatten eine geniale Idee. Sie zogen Kindern die Felle von geschlachteten Ziegen über und ließen sie über die Stadtmauer laufen. Die Schweden, denen selbst die Vorräte ausgingen, ließen sich ob dieser gezeigten lebenden Vorräte täuschen und zogen ab.

Bernd betrat das Lokal von Elke Sahm, der Ex-Ehefrau von Alfons Strudel.

Eigentlich hätte er schon viel früher mit ihr sprechen wollen, aber die vorigen Tage waren so voll mit Arbeit, dass er erst heute dazu kam.

Das Leben hatte es nicht gut mit ihr gemeint. Klein, nur 155 cm groß, wog Sie doch einiges. Bernd schätzte sie auf 75 bis 80 Kilo. Er würde später, während weiterer Untersuchungen erfahren, dass sie damit zu dick für Alfons war und daher ein Scheidungsopfer.

Aber auch so ... Nun war natürlich der Hauptkommissar hier nicht als Juror einer Miss-Wahl erschienen, aber ... die Haare, strähnchenweise gefärbt in blau, grün, bunt. Dazu eine Gesichtsform, die man als teigig, fett und oval-rund bezeichnen konnte. Die Kleidung war sehr modisch, das fiel ihm auf, wenn er auch keine Marken erkennen konnte.

Elke Sahm schilderte die aktuelle Situation, in der sie lebte. Sie berichtet über ihre Geschichte mit ihrem Ex-Ehemann. Sie ist seit drei Jahren von Alfons geschieden. Der gemeinsame Sohn, Kevin, lebt seitdem bei ihr und hat wenig Kontakt zu seinem Vater, der sich nur hin und wieder meldet.

Weil Elke nicht allein leben wollte, hatte sie kurz nach der Scheidung wieder neu geheiratet, ihren jetzigen Ehemann – daher der neue Familienname ‚Sahm'.

Obwohl es ihr eigentlich wirtschaftlich gut gehen sollte bei einem gut besuchten Gastronomiebetrieb, klagte Elke über finanzielle Probleme. Natürlich forderten zwei Kinder und Ehemann mit Haushalt einen gehörigen finanziellen Aufwand, unter anderem auch wegen einer Haushaltshilfe, die sie brauchte, weil sie so viele und lange Stunden in ihrem Betrieb arbeiten musste.

Außerdem brauchten natürlich die beiden Kinder, Kevin aus erster Ehe mit Alfons Strudel und ihre kleine Tochter Erin, kaum ein Jahr alt, die sie mit ihrem neuen Ehemann Wilhelm Sahm bekommen hatte, eine entsprechende Betreuung. Alles das kostete Geld, viel Geld.

„Zu allem Überfluss will das Finanzamt ständig Geld von mir haben. Gerade letzte Woche war schon wieder der Gerichtsvollzieher da, der darauf bestand, sofort über 7.000 Euro an Steuerschulden einzutreiben. Andernfalls würde man mir schon wieder das Konto pfänden. Das gibt immer so viel Laufereien, bis man dieses Konto wieder frei hat."

Hauptkommissar hakte gleich ein: „Damit kommen wir gleich auf unseren Hauptverdacht. In der Mahnung, die wir bei ihrem Ex-Mann gefunden haben, steht, dass er sich noch einmal genau alle Finger ansehen soll, denn wenn er nicht im Laufe einer Woche seine Schulden bei Ihnen bezahlt, würden ihm einige davon fehlen. Diese Mahnung ist doch offensichtlich von Ihnen, oder?"

„Ja, die Mahnung stammt von mir. Ich brauche das Geld wirklich dringend. Alfons schuldet es mir, nur hat er es mir nicht wie versprochen zurückgegeben, damit ich davon das Finanzamt bezahlen kann. Und weil es jetzt wirklich ein wenig eng wird mit den Steuerschulden, habe ich ihm diese Mahnung geschickt."

Daraufhin fragte der Hauptkommissar: „Aber diese Drohung mit den abgeschnittenen Fingern ist ja doch sehr drastisch. Wollten sie das denn selber erledigen oder haben sie irgendwelche Beziehungen in entsprechende mafiöse Kreise, die so etwas für sie erledigen würden? Und wie hatten sie sich das vorgestellt, wann sollte das passieren? Und wie sollte es danach weitergehen?"

„Nein, natürlich habe ich das so gar nicht gemeint, ich könnte ja nicht mal einer Fliege etwas zuleide tun. Ich hatte nur diese Drohung einmal vor einigen Wochen in der Zeitung gelesen, als es um einen Bandenkrieg innerhalb der Eifeler Pizza Connection ging, wo Türken und Italiener um die Vorherrschaft im Pizzabusiness kämpfen. Da diese Drohungen scheinbar eindrucksvoll sind, hatte ich sie gewählt, um sicherzustellen, dass ich endlich mein Geld von Alfons bekomme und so meine Steuern bezahlen kann.

Außerdem ist er ja schon seit Monaten die Unterhaltszahlungen für seinen Sohn Kevin schuldig."

„Irgendwie ist das Ganze eigenartig und so richtig glauben kann ich Ihnen das auch nicht. Das hört sich eher wie eine Räuberpistole an.

Aber nun zu einem anderen Punkt. Sie wissen ja, Alfons ist ermordet worden und daher die Frage, haben sie ein Alibi für die Zeit von Sonntagabend bis Montag morgen. Denn alleine aufgrund ihrer Drohung und ihrer Feindseligkeit ihm gegenüber sind sie natürlich in der ersten Reihe der Verdächtigen."

„Natürlich habe ich ein Alibi, denn ich war, nachdem ich hier den Betrieb um halb 12 geschlossen habe, bei meiner Familie zu Hause. Ich habe noch mit meinem Mann einen kleinen Schluck getrunken.

Danach sind wir gemeinsam ins Bett gegangen und ich habe am Montagmorgen die Kinder rechtzeitig fertig gemacht, Kevin für die Schule und Erin, damit sie von der Haushaltshilfe in die Kita gebracht werden konnte. Ich habe mich anschließend von meinem Mann verabschiedet und bin wieder hier ins Restaurant gefahren, weil frisches Bier geliefert wurde. Ich hatte über das Wochenende so viel Bier gezapft, dass ich die neue Woche ohne frische Lieferung nicht auskommen würde."

Das Ganze klang halbwegs glaubwürdig aber irgendwie... war dem Kommissar nicht wohl dabei. Warum? Er konnte es nicht sagen.

Er betrachtete noch einmal Elke, klein und fett. Und er hätte fast Verständnis für den Braumeister aufbringen können für seine Trennung von ihr. Und dass er sich von ihr getrennt hatte und nicht umgekehrt, darauf hätte der Hauptkommissar Geld wetten können.

Mit ihrem leicht hessischen Akzent konnte sie ihre Herkunft – denn sie war mit Alfons von Hessen her in die Eifel gezogen – nicht verleugnen.

Diese hessische Mundart machte sie – trotz oder wegen ihres Aussehens – liebenswert und konnte vielleicht das Geheimnis für den guten Zulauf ihres Gastronomiebetriebes sein. So konnte man nur aussehen, wenn man entweder absolut ignorant seinem Aussehen gegenüber war oder sich ganz bewusst extravagant stylte.

Bernd kam auf den nächsten Punkt und fragte: „Haben sie hier Kochmesser oder Ähnliches in ihrem Betrieb?"

„Wie kommen sie denn auf so etwas? Klar, habe ich hier Messer oder glauben Sie, wir würden Fleisch unter dem Sattel mürbe reiten und dann mit der Axt portionsweise teilen oder wie stellen Sie sich die Zubereitung von Gerichten in der Gastronomie vor?"

Der Hauptkommissar bat darum, ihm diese Messer einmal zu zeigen, und fragte sie, ob denn eines oder mehrere der Messer fehlen würden. Er konnte jedoch schon selbst sehen, dass die Kochmesser sauber nach Größe sortiert an einer Magnetleiste über dem Zubereitungstisch dicht an dicht hingen.

Es war also keine Lücke zu sehen und die Messer machten einen sauberen Eindruck, wiesen aber durchaus Spuren von langjähriger Nutzung auf. Hier könnte also das Messer nicht herkommen und außerdem war dies eine ganz andere Art von Messergriff als bei dem, das man am Tatort gefunden hatte.

Blieb also die Frage, konnte das Messer aus dem Privathaushalt von Elke stammen. Das war nun ein wenig schwierig. Wie sollte er das herausfinden, ohne dass Elke die Möglichkeit hatte, eventuell vorhandene Hinweise oder Beweisstücke zu vernichten.

Er entschuldigte sich für einen Moment, ging vor die Tür und beauftragte Beat telefonisch damit, zum Haus von Elke und Wilhelm Sahm zu fahren und mit der dortigen Haushaltshilfe zu klären, ob in der Küche eventuell ein Messer fehlen könnte und herauszufinden ... wie die Kochmesser aussahen. Ob sie eventuell zudem gefunden Messer passen würden?

Danach ging er wieder hinein zu Elke. Da er keine weiteren Fragen hatte, verabschiedete er sich von ihr mit der Aufforderung:

„Dann kommen Sie morgen früh zwischen acht und neun ins Kommissariat und unterschreiben ihre Aussage."

„Das geht nicht, denn nachdem ich die Kinder aus dem Haus habe, muss ich mir die Aufzeichnung von Shopping Queen ansehen. Da geht es gerade in die entscheidende Runde, die kann ich nicht verpassen. Außerdem muss ich noch meine Umsatzsteuererklärung machen. Also, ich kann frühestens zwischen elf und zwölf da sein."

„Gut", sagte der Kommissar, „dann sehen wir uns morgen zwischen elf und zwölf im Kommissariat."

Von Elke Sahm aus ging Bernd zurück ins Kommissariat, um die inzwischen gewonnenen Erkenntnisse auszutauschen und zu besprechen.

30

Bernd betrat sein Büro. Bevor er sich um die Akten kümmern konnte, klingelte sein Handy. Die Melodie war dieses mal Markus Beckers Ballermannhit „Es geht schon wieder los". An einem so frühen Morgen war dieses schreckliche Schlagerlied von dem Mann, der immer einen roten Cowboyhut trug und durch seinen unsäglichen Hit „Das rote Pferd" bekannt wurde, wie ein direkter Tritt in das Hirn des Hauptkommissars.

Schon gestern wollte Bernd diese neue Klingelton-App deinstallieren, aber, um ehrlich zu sein, er wusste nicht, wie dies ging. Also vertagte er diesen Wunsch bis zum Eintreffen von Beat oder Stupps. Mit jedem weiteren Handyklingeln glaubte er, einen festen Platz im Himmel für sich reserviert zu haben, denn mit dem Anhören der Klingeltöne hatte er ja schon die Hölle auf Erden.

Bevor der Ärger über diesen Klingelton abflauen konnte, meldete sich am Telefon Stupps, um ihm vom Ergebnis des Mädelsabend zu berichten. Natürlich gingen ihn die Einzelheiten nichts an, aber sie erzählte ihm alles, was er über das Alibi von Stürmer-Nobbi wissen musste. Und sie fügte gleich hinzu, dass diese Sonderermittlungen solange gedauert hätten, dass sie sich eigentlich einen halben Tag Urlaub verdient habe.

Da sie nun aber schon mal wach wäre, würde sie trotzdem jetzt gleich - damit meinte der Hauptkommissar halb zehn, Stupps aber eher halb elf - im Büro sein.

„Der Blick in den Abfalleimer eines Fast Food-Restaurants einer bestimmter Burger Kette, die nicht McDonalds heißt, ist weniger schrecklich, als der in die Küchenschubladen bei manchen Leuten." erzählte Beat, nachdem er von der Durchsuchung des Haushalts von Elke Sahm zurück war. „Dabei war vor Kurzem die Schließung von über 70 Filialen einer Burgerkette durch die Presse gegangen."

Der Enthüllungsjournalist Günter Wallraff und sein Team hatten unvorstellbare Ferkeleien nicht nur bei den Arbeitsbedingungen, sondern auch im hygienischen Umfeld einer Fast Food-Kette öffentlich gemacht. Der Konzern hatte daraufhin die Verträge zum größten Lizenznehmer Deutschlands fristlos gekündigt und sich gezwungen gesehen, durch eine Werbekampagne das zerstörte Vertrauen wieder zurückzuerobern – so richtig geklappt hatte das aber nicht.

Mit diesen Sprüchen auf den Lippen betrat Beat das Büro und berichtete dem Hauptkommissar von seinem Besuch im Hause von Elke Sahm.

Er war ins Haus der Verdächtigen gekommen und hatte dort die Haushaltshilfe angetroffen, die scheinbar frisch aus dem östlichem Europa kam, Deutschkenntnisse waren nicht vorhanden, dafür aber hatte er sie beim Putzen überrascht. Er sprach in diesem Zusammenhang mehr von ‚gleichmäßiger' Verteilung von Dreck.

Nur mühsam hatte er ihr klarmachen können, dass er die Küche sehen wollte und als sie ihn dort hineinge-lassen hatte, öffnete er die Schubladen der Einbauküche.

Es war zu merken, dass Kinder im Hause lebten, denn von der kürzlich stattgefundenen Küchenschlacht im Zusammenhang mit Plätzchen- und Kuchenbacken waren Teigreste sowie Verzierungsüberbleibsel, angefangen von Liebesperlen über Marshmallows bis hin zu Marzipan in drei unterschiedlichen Ekel-Farben in den einzelnen Schubladen übrig geblieben.

Trotzdem war er tapfer seiner Aufgabe gefolgt und hatte die Messer kontrolliert. Ob nun alle vollständig waren oder nicht, vermochte er nicht zu sagen, jedoch gab es auf den ersten Blick keine gebräuchliche Messergröße, die fehlte.

Die Form der Messer in einer der Schubladen wiesen eine große Vielfalt auf, sodass es möglich wäre, dass das am Tatort gefundene Messer aus dieser Schublade stammen könnte.

Also keine Entlastung für diese Verdächtige, sondern eher ein zweiter Verdachtspunkt, den es zu erhärten oder zu entkräften galt.

Mit dieser Erkenntnis konnten sie nichts weiter tun, als zum einen auf das Auftauchen von Elke Sahm zu warten, die ins Präsidium bestellt war, um ihre Aussage zu unterschreiben. Bei dieser Gelegenheit würde man sie befragen können.

Und zur Sicherheit gleich ihre Fingerabdrücke zu Vergleichszwecken nehmen. Zum anderen wollte man das Untersuchungsergebnis der Spurensicherung abwarten, ob sich nicht doch ein Hinweis zur Herkunft dieser Tatwaffe ergeben würden.

31

Stupps war heute schon wieder zu spät gekommen.

Bernd empfand diese Unpünktlichkeit als störend, denn er wollte zumindest sicher sein, dass einer vom Team rechtzeitig zu Dienstbeginn im Büro war und das bedeutete, dass man sich aufeinander verlassen können musste.

Ein wenig verschämt erzählte ihm Stupps, dass sie von ihrem Mädelsabend noch zu Ihrem Freund gefahren sei und die Nacht bei ihrem Freund verbracht habe und dort der Wecker nicht auf ihr Kommando hören würde, weil sie nicht wusste, wo er war. Aber auch, weil sie danach nicht gesucht hatte, denn es war sehr spät am gestrigen Abend geworden und das Hobby, welchem sie gemeinsam nachgingen – Bernd konnte sich ja vorstellen, um welches Hobby es sich handelte – ließ keine Zeit, um auf einen solchen Luxus wie Weckerstellen zu achten. Und sie war so froh gewesen, dass er gestern Abend einmal kein Bier getrunken hatte. Das kam nicht oft vor.

Bernd hatte den Freund von Stupps noch nicht kennengelernt, obwohl Stupps und er gut befreundet waren. Bernd achtete darauf, dass sein Team eigentlich wie eine Familie funktionierte und so waren Essenseinladungen und auch schon mal ein gemeinsames Bier nach Feierabend wichtiger Bestandteil seiner Menschenführung.

Da es sich inzwischen herumgesprochen hatte, dass seine Kochkünste relativ gut waren, wurden seine Einladungen gerne akzeptiert. Vor allem Stupps kochte relativ ungern und schlecht, aß dafür umso lieber. Und man konnte sich ja nicht immer nur bei den Eltern und bei ihrer Oma durchfüttern lassen. Pizzaservice wäre natürlich eine Alternative gewesen, aber bei ihrer Figur eher nicht ratsam. Seitdem sie in dem Staaten war, fand sie die deutsch-italienischen Pizzen sowieso nicht mehr toll.

Weil der Hauptkommissar sie danach fragte, erzählte Stupps ihm, wie sie ihren Freund Klaus kennengelernt hatte: Auf dem Antik- und Trödelmarkt im letzten Jahr in Prüm hatte ein junger, netter Standnachbar ihr und ihren Freundinnen geholfen, den Stand, an dem sie ihre Schätze anbieten wollten, aufzubauen. Stupps war natürlich mit ihren 152 cm viel zu klein, um an das Gestänge für die obere Plane zu kommen. Wenn sie dies hätte einrichten müssen, wäre der Stand nur für Zwerge zugänglich gewesen und die waren in der Eifel doch relativ selten.

Also hatte Klaus tapfer die meiste Arbeit beim Standauf- und -abbau übernommen und weil Stupps ihn so nett fand, hatte sie ihn abends auf ein Bier eingeladen. Es blieb nicht bei dem einen und da Klaus in unmittelbarer Nähe wohnte, hatte man beschlossen, dort auch das gemeinsame Nachtlager aufzuschlagen. Und so war eins zum anderen gekommen. Klaus hatte den Cowboyboots-Test mit fliegenden Fahnen bestanden. Er fühlte sich einfach durch dieses Outfit angestachelt und beflügelt.

Seit der Zeit waren beide ein Paar. Es war aber nicht an eine ernsthafte, gemeinsame Zukunft gedacht, es war halt nett miteinander und man hatte etwas zum Wärmen für die kalten Winternächte.

In letzter Zeit jedoch war es jedoch ein wenig ruhiger um die Beziehung geworden. Auch, weil Klaus den Alkohol als täglichen Begleiter mehr und mehr schätzte.

Und jeden Abend einen besoffenen Kerl im Bett zu haben? Nein, das war nicht Stupps' Traum. Es war nicht nur das Trinken, was sie störte, sondern auch das elende Schnarchen nach dem Alkoholgenuss, das ihr die halbe Nacht den Schlaf raubte, und sie wollte doch nicht auf ihren Schönheitsschlaf verzichten.

Also, besoffen, keine sinnvolle Unterhaltung möglich PLUS Schnarchen. Das ging so nicht! Bei der nächsten sich bietenden Gelegenheit würde Klaus befördert, vom Freund zum Ex-Freund. Oder eher vom Bettgenossen zum Freund, mit dem man nicht mehr schläft.

Obwohl es am gestrigen Abend schön war, jedoch das war Stupps zu selten geworden. Er wusste nur noch nichts davon.

Stupps beschloss, dass der heutige Abend die richtige Gelegenheit war, um ihm das zu sagen.

32

Donnerstag, später Nachmittag, der Hauptkommissar ist um 15 Uhr im Dorint Hotel am Bitburger Stausee.

Gestern hatte er ja leider ergebnislos zusammen mit seinem Teamkollegen Beat Petz die Ermittlungen abbrechen müssen, sodass er heute unbedingt weiterkommen wollte. Zunächst einmal erkundigte er sich in der Rezeption nach seinem Verdächtigen, den alle nur Charly nannten.

Man konnte ihm sehr wenig über ihn sagen, da dieser nicht im Haupthaus des Hotels wohnte, sondern etwas außerhalb, auf der Ferienstraße, im Landhaus „Eiche". Es wurde vom Hotel aus bewirtschaftet und betreut, aber es lag ein wenig abseits. So entzog sich natürlich auch das Tun und Treiben dort den kritischen und neugierigen Blicken eventuell aufmerksamer Hotelbediensteter.

Kurz und gut – keiner wusste etwas. Er ließ sich von der Rezeptionistin den Weg zum Haus „Eiche" beschreiben und fuhr dann den kurzen Weg dorthin, ohne sich vorher angemeldet zu haben.

Von der Rezeption aus war es nur ein kurzer Weg zum Landhaus „Eiche". Mit 77 Quadratmetern war dies schon ein luxuriöser Aufenthalt für eine einzelne Person. Also konnte es Charly wirtschaftlich nicht sehr schlecht gehen. Nach mehrmaligem und nachdrücklichem Klingeln öffnete eine etwas verschlafene, männliche Person die Tür, obwohl es ja schon nachmittags war. Was musste er die letzte Nacht durchgezaubert haben, fragte sich der Hauptkommissar.

Charly brummelte irgendetwas von „Nur Dumpfbacken stören immer vor dem Wecken."

Damit verschwand er wieder von der Tür und ging zurück in die Küche, also zwei mal rechts. Bei dem vorhanden Restalkoholgehalt sicherlich schon fast eine Heldentat.

Ohne eine weitere Aufforderung abzuwarten, folgte ihm der Hauptkommissar und traf ihn in der Küche wieder, wo sich Charly mühsam darum kümmerte, eine Tasse mit heißem Kaffee zu füllen.

Klar, war er noch nicht zu 100 Prozent Herr seiner manuellen Fähigkeiten, und ob er die bei seinem aktuellen Alkoholspiegel in absehbarer Zeit wiedererlangen würde, erschien Bernd recht zweifelhaft.

In der Gewissheit von Charly vor dem Genuss einer zweiten Tasse Kaffee keine sinnvolle Aussage bekommen zu können, schaute sich der Hauptkommissar zunächst einmal in diesem luxuriösen Ferienhaus um, wobei er sich natürlich nur den Blick auf die offen zugänglichen Räume, also Esszimmer und den separaten Wohnraum, gönnte.

Luxuriös, solide, sinnvoll eingerichtet, das konnte nicht zum Schnäppchenpreis gebucht werden.

Er war überrascht gewesen, als man ihm in der Rezeption die Preise genannt hatte, er hätte bei dieser Einrichtung durchaus auf das Doppelte getippt.

In der Rezeption hatte man ihm einen Prospekt über das Landhaus „Eiche" gegeben. Daraus ging hervor, dass das Landhaus über ein Doppel- und Twinschlafzimmer sowie eine Schlafcouch verfügte, also ausreichend Platz für eine ganze Familie.

Außerdem war ein offener Kamin, eine Terrasse, ein Fernseher und ein Badezimmer mit Wannenbad vorhanden.

Einen kostenfreien WLAN-Zugang gab es im benachbarten Hotelgebäude. Ein ungeheurer Vorteil für die südliche Eifel, wo an manchen Orten die Internetübertragungsraten von denen der Steinzeit der Informationstechnologie durch nichts zu unterscheiden sind.

Einige Zeit war vergangen und Charly sah ein wenig normaler aus, jedoch mit klaren Alkoholspuren im Gesicht. Trotzdem wollte Bernd nicht länger warten und befragte ihn nach seinem eigenartigen Auftreten in der Bitburger Kneipe und seiner dortigen Aussage, dass der Tote niemandem mehr ein Rezept stehlen könnte.

„Was haben Sie damit gemeint? Es wäre schon sinnvoll, dafür eine glaubwürdige Erklärung zu haben, denn damit haben Sie sich sehr verdächtig gemacht. Sie wissen es, oder auch nicht, dass der Braumeister am Montagmorgen tot aufgefunden wurde?"

„Nun mal langsam, was soll Ihr ganzes Geschwafel? Sind wir hier in Guantanamo Bay, wo jeder Unschuldige gequält, gefoltert und verhört wird und gehört nicht zu ihrer Grundausstattung auch Waterboarding? In diesem Fall würde ich das gerne mit Kölsch machen."

Der Kommissar merkte, dass er so mit seinen Ermittlungen nicht ernsthaft weiterkommen könnte.

Er hatte diesen Gedanken noch nicht zu Ende geführt, als sich eine Schlafzimmertür öffnete und ein junger Mann mit einem ihn nur sehr unvollkommen bedeckenden Unterhöschen herauskam. Eine solche Hose, die weite Teile des Hinterns frei ließen, waren im Erfahrungsschatz von Bernd nicht vorhanden.

Er hatte allerdings davon gehört, dass in Homosexuellenkreisen solche eigenartigen Kreationen durchaus üblich waren.

Mit „Hallöchen Popöchen", machte sich dieser Jüngling bemerkbar. An seiner sexuellen Orientierung konnte keinerlei Zweifel bestehen. „Wen haben wir denn da als süßen Fratz, der hier jetzt gerade hereingeschneit ist?"

Aus dem Gebrummel von Charly hätte man entnehmen können, dass dieser den Hauptkommissar dem neuhereingekommenen Jüngling vorstellte. Sicher konnte man aber nicht sein.

Mit einem kurzen „Lassen Sie Herrn Dachser und mich einmal für die nächste halbe Stunde alleine und ungestört und ziehen Sie sich wieder in ihre Gemächer zurück.", wollte Bernd versuchen, diese Vernehmung in vernünftige Bahnen zu leiten und fortzuführen.

Durch den Einwurf des jungen Mannes, „Ooooch, hier isses doch so kuschelig und interessant. Da werd' ich doch ein wenig Mäusken spielen dürfen und außerdem, ... Poliiiziiiiiiiiiisten find ich so ungeheuer sexy. Und haben Sie auch einen dicken, festen Stock dabei?"

Bernd schloss daraus, dass hier und heute eine sinnvolle Unterhaltung mit dem Verdächtigen nicht möglich sein würde. Er lud ihn für den nächsten Tag zur Aussage im Kommissariat vor.

33

Als der Hauptkommissar in die Eifel kam, war er gerade frisch geschieden. Es war eine schmutzige Scheidung, denn seine Frau wollte unbedingt schmutzige Wäsche waschen und klarstellen, dass Bernd der schuldige Teil war und sie die betrogene Ehefrau.

Was war geschehen? In vielen Einsätzen hatte er mit einer netten Kollegin zusammen gearbeitet, sie mochten sich und daraus war mehr und mehr geworden. Es hatte sich einfach so ergeben.

Natürlich war er nicht gut darin, so etwas zu verbergen. Ihm fehlte dazu im privaten Bereich einfach die Fähigkeit zu täuschen.

Seine Frau ging sogar so weit, ein Gespräch mit seinem Vorgesetzten zu suchen, indem sie sich darüber beklagte, dass er mit seiner Kollegin ein ‚Fistanöllchen' hätte, so nannte man auf Kölsch eine intime Beziehung. Ihre Forderungen, er möge die Kollegin ihres Mannes entlassen oder versetzen lassen, konnte er natürlich nicht erfüllen, denn so was geht im Öffentlichen Dienst so gut wie gar nicht. Also hatte alles seinen Lauf genommen. Ein Winkeladvokat hatte sich dieses Falles liebevoll und lukrativ angenommen. Nach einiger Zeit gehörten ihr ein Teil seiner Altersvorsorge und auch sonst einige der Vermögensgegenstände. Wie das so geht ...

Eigentlich war dann das Ergebnis doch nicht so, wie sie es sich wünschte. Viel lieber hätte sie ihn mit einem lebenslänglichen Schuldkomplex beladen als Ehemann behalten. Aber der Scheidungsprozess war einfach nicht mehr aufzuhalten.

Es dauerte einige Zeit, bis sie davon überzeugt werden konnte, die gemeinsame Wohnung zu verlassen. Damit stand jedoch der Hauptkommissar vor einem Problem. Er konnte nicht kochen. Zunächst einmal kochte seine Putzfrau einiges für ihn, wenn sie zwei Mal in der Woche bei ihm sauber machte. Den Rest der Zeit aß er entweder in der Kantine oder im Restaurant.

Als ihm dies zu eintönig wurde, fing er an, ein wenig selbst zu experimentieren und zu kochen. Die Devise war dabei: Entweder es schmeckt oder es wird unter Rühren in den Ausguss entsorgt, dann gibt es ja immer noch die Pommesbude an der Ecke.

Sein Scheidungsgrund konnte es sich nicht vorstellen, über eine Affäre hinaus mit dem Hauptkommissar zusammen zu ziehen, sodass dieser Lebensabschnitt relativ unspektakulär endete.

Kurz nach der Scheidung lernte er eine nette junge Frau kennen, die neben vielen anderen Vorzügen wie zum Beispiel die Liebe zur Oper und zur klassischen Musik sehr gut kochen konnte.

Ihre Vorliebe galt der normalen Hausmannskost. Es gab viele Wochenenden, in denen sie Gulasch, Sauerbraten, Eintopf und vieles mehr kochten und nach kurzer Zeit bat er sie, doch ihn einmal kochen zu lassen. Natürlich unter ihrer Aufsicht, denn ihm fehlte das gesamte Know-how für eine gute Essenszubereitung. Ihre Geduld war engelsgleich und so erwarb er nach und nach doch sehr anständige Kochkünste. Eine Fähigkeit, für die er ihr heute noch – viele Jahre später – noch dankbar war. Nach einiger Zeit ging diese Verbindung zu Ende, denn eigentlich war er – so kurz nach der Beendigung seiner Ehe – noch nicht bereit für eine langfristige, neue Beziehung.

Es dauerte einige Jahre, um diese Kochkünste zu erweitern und zu verfeinern, aber der Koch-Virus oder eher die Leidenschaft war da und machte ihm zunehmend Freude. So wurde aus ihm über die Jahre ein guter Koch, und weil man natürlich am besten mit mehreren zusammen isst, ein guter und begehrter Gastgeber.

So tat er auch an diesem Abend das, was ihm Freude machte. Er kochte für sein Team.

Auf dem Weg von Bitburg nach Burbach hatte er noch einen kleinen Abstecher zum Fleischmarkt Billen in Nattenheim gemacht, um dort ein paar wunderbare Rindersteaks zu kaufen. Es gab gute Gründe, hier einzukaufen, denn hier wurde alles selbst gemacht: Futter selbst angebaut, die Aufzucht, Schlachtung und Vermarktung – alles fand unter einem Dach statt. Und das schmeckte man.

Für diesen Abend gab es ein dreigängiges Menü. Als Vorspeise ein Kürbis-Gemüse-Süppchen mit Schuss serviert, das ging einfach. Als Hauptgericht sollte es Steaks vom Rinderfilet, knusprige Bratkartoffeln und frischen Salat geben. Die Nachspeise war der Einfachheit halber Vanilleeis mit heißen Kirschen geplant. (Das Rezept finden Sie im Blog www.MordinBitburg.de)

Schon beim Hereinkommen seiner Kollegen war der Tisch ein wenig festlich gedeckt, es gab sogar frisch gebügelte Stoffservierten.

Den trockenen Weißwein, ein 2013er Riesling „Dajoar" von Andreas Bender von der Mosel passte gut dazu. „Dajoar" ist ein Wort aus dem moselaner Platt, heißt so viel wie „so wie früher" und charakterisiert einen Moselweinstil, der diese Region einmal berühmt machte und weltweit keinerlei Nachahmung finden kann. Ein einzigartiger Wein, der das Wechselspiel aus Rebsorte, Schieferboden und Kleinklima zeigt. Die Reben, das sind handverlesene Riesling-Trauben.

Elegant, mineralischer und fruchtbetonter Geschmack, hatte ihm sein Freund Stefan Gerner diesen Wein beschrieben. Ein Wein, der einfach Laune machte.

34

Wohlig gesättigt stand das Team vom Esstisch auf und zog sich ins Wohnzimmer zurück. Bisher ein gelungener Abend und Bernd liebte es, für sein Team zu kochen, denn dies unterstützte seine Bemühungen, sein Team wie einen Familienbetrieb zu führen.

Beat war das erste Mal zum Essen eingeladen. Er war ja erst seit Kurzem in der Eifel. So begann er, nach diesem Mahl ein wenig das Geheimnis aus seiner Vergangenheit zu lüften. Die letzten Jahre hatte er in der Düsseldorfer rechten Szene als verdeckter Ermittler gearbeitet. Durch einen dummen Zufall war jedoch seine Identität aufgeflogen. Ein Kollege hatte im Suff zu viel erzählt. Relativ überstürzt verschwand Beat aus Düsseldorf und da er auch private Wurzeln in der Eifel hatte, bot sich eine Versetzung zur Kripo nach Bitburg einfach an.

Nun, viele Wochen später, wäre er von seinen Kumpels von der Düsseldorfer Szene nur noch schwer zu identifizieren gewesen. Der Kahlkopf war inzwischen wieder zu einer gut wachsenden schwarzen Lockenmähne geworden.

Einige Stunden unter der Sonnenbank hatten das ihre dazu beigetragen, um eine gesunde, aber nicht übertriebene Bräune hervorzurufen.

Ein wenig still nahmen die beiden anderen dies zur Kenntnis und Beat fuhr fort, seinen Berufsanfang zu schildern.

In der Schulzeit gab es einen Jungen, der Beats Schwester ihr Butterbrot auf dem Pausenhof wegnahm. Das fand er nicht in Ordnung. Das Ergebnis: Der Junge verlor das Brot und hatte eine sehr blutige Nase. Beat bekam einen Brief seiner Lehrerin für seine Eltern mit, in dem von den Folgen von ungezügelter Aggressivität gewarnt wurde und er musste zu fünf Sitzungen bei der Schulpsychologin, die nach einigen Jahren der Kindergartenarbeit bei der Fernuni in Hagen studiert hatte und danach in einem indischen Aschram lebte. Ihre Standardfrage lautete: „Wenn du aggressiv bist, was macht das mit dir? Und kannst du dir vorstellen, was dies mit deinen Opfern macht?"

Sein Abschiedsgruß an die Psychologin ‚Love and Piss' – angelehnt an den Gruß der Flower Power Peope ‚Love and Peace' - förderte nicht die Prognose im Abschlussbericht, den die Therapeutin an die Schulbehörde schickte. Seine Erfahrung daraus: Gerechtigkeit – da musst du dich selbst drum kümmern. Und so war sein Weg in die Polizeibehörden schon fast vorgezeichnet.

Bernd hatte natürlich wenige Tage nach Beginn der Tätigkeit des neuen Kommissars die Personalakte von ihm auf dem Tisch, jedoch waren die meisten Teile darin geschwärzt wegen der verdeckten Ermittlungen in Düsseldorf, sodass er sich zunächst einmal keine Vorstellung von diesem neuen Kollegen hatte machen können.

Stupps war ja nun nicht leicht zu befriedigen in ihrer Neugier. So wollte sie auch gleich von ihm wissen, warum er immer so überpünktlich das Kommissariat verließ, und meinte: „Da wird ja schon mal beim Privaten sind, bist du immer so pünktlich weg, weil du so einen Kracher als Freundin hast?" Nur zögernd kam heraus, dass Beat nur deswegen so früh wie möglich ging, weil er sich um seine Mutter kümmern musste, die seit einiger Zeit bettlägrig war.

So langsam kam ein Bild von Beat zutage, das niemand erwartet hatte. Und es war Teil seiner Karriere, wie bei so vielen verdeckten Ermittlern. In den ersten Jahren seiner Polizeilaufbahn zeigte sich, dass er einer der Besten war. Daher wurde er besonders gefördert und besonders ausgebildet, immer im Hinblick auf seinen Einsatz als verdeckter Ermittler.

Bei seiner Weiterbildung hatte er viele Sachen gelernt, über die er nicht sprechen durfte, auch heute noch nicht.

Sein erster Einsatz in der rechten Szene war schwierig, denn als Aufnahmeritual sollte er „Neger klatschen". Im Klartext: verprügeln.

Dies wurde noch ohne besondere Schwierigkeiten bewältigt, weil Einsatzberichte der Polizei entsprechend verändert werden konnten, auch wenn es schwierig war, denn die Rechten hatten auch dort ihre Spitzel. Aber ... es gelang.

Besonders hilfreich war die Tatsache, dass der „Neger" gerade nach Ghana abgeschoben wurde, und man ihm damit erlaubte, mit über 300 Euro Spesen eine Existenz dort aufzubauen als regionaler Großhändler für Hühnchenfüße. Einen Geschäftszweck, den er durch Schwarzarbeit bei einem Schlachter für Geflügel entdeckt hatte. Dass dadurch noch einmal viele Hühnerfarmen in seiner Heimat unwirtschaftlich wurden – wen interessierte das?

Für normal empfindende Menschen ist das schwer akzeptierbar, und Beat empfand ... sehr normal. So als i-Tüpfelchen oben drauf kam noch die versprochene Unterstützung für diesen schwarzen Helfer. Großartige Hilfe war angekündigt. Was er erhielt, war ein kopiertes DIN-A6-Blatt mit Hinweisen, dass die Kühlkette bei Tiefkühlhühnerfleisch nicht unterbrochen werden dürfe. In deutsch. Gesponsert von einem Geflügelzüchter, der sich bemühte, Maximalbeträge an Subventionen von der EU zu erhalten. Aber irgendwo muss man ja immer sparen, sonst kann man kein Vermögen bilden.

Danach hatte er über Jahre hinweg eine andere Persönlichkeit zeigen müssen, als er wirklich war. Zerbrochene Ehen und zerbrochene Persönlichkeiten waren eine fast zwangsläufige Entwicklung im Berufsbild dieser stillen Elite, die nur mit einer kleinen Gehaltszulage und vielen Belastungen diesem Staat auf ganz besondere Weise dienen. Enthusiasmus trieb die meisten von ihnen. Der Wunsch, die Welt besser zu machen und dies auch zu können sowie die Notwendigkeit, unsere Gesellschaft dort zu schützen, wo oft schlaue Anwälte dem Rechtsstaat Grenzen setzen.

Nun, dem Eheaus hatte er nicht entgehen können. Zu viele Einsätze, bei denen er sich tagelang Zuhause nicht melden konnte, hatten dazu geführt, dass seine Frau das Handtuch geworfen hatte.

Der dauerhaften Beeinträchtigung seiner Persönlichkeit war er wohl noch im letzten Moment entgangen. Nun versuchte er, in der Eifel wieder seine „eigene Mitte" zu finden. Seine permanent nervenden, doch manchmal präzise treffenden Sprüche, waren wohl ein Mittel dazu, wie der Hauptkommissar empfand.

Hinzu kam, dass Beats Mutter seit einigen Wochen bettlägerig war und permanente Pflege brauchte. Nachdem Beat versucht hatte, dies zunächst einmal über einen Pflegedienst zu regeln, hatte er seine Versetzung nach Bitburg dazu genutzt, dies nun zumeist selbst zu übernehmen. Er war, zusammen mit seiner Schwester, von seiner Mutter allein aufgezogen worden.

Er empfand, dass er seiner Mutter nun etwas zurückgeben musste und konnte. Daher also immer der pünktliche und schnelle Abschied am Ende der nachmittäglichen Dienstzeit. Nicht lustig, aber wie heißt es so schön in dem Lied von Lynn Anderson ‚I never promised you a rose garden'. Ein altes Lied von 1973.

5. Tag Freitag

35

Am folgenden Tag wartet der Hauptkommissar auf das Erscheinen von Charly. Als er um 9 Uhr immer noch nicht aufgetaucht war, schickte Bernd ein Streifenkommando, das Charly im Landhaus Eiche abholen sollte. Zwei ältere Polizisten, die lieber naschend vor ihrem Schreibtisch saßen, fuhren eher widerwillig in Richtung Bitburger See, um Carl Emmanuel-Maria dort abzuholen und ins Präsidium zu bringen.

Mit Blaulicht fuhren sie vor dem Hotel vor und fragten an der Rezeption nach den Schlüsseln, da sie weder die Kraft noch große Lust hatten, die Tür einzutreten.

Sie fanden den Verdächtigen, den jeder nur Charly nannte, selbst die Frauen an der Rezeption, im Bett liegend. Nachdem sie sich ordnungsgemäß vorgestellt und den Grund ihres Hierseins genannt hatten, baten sie Charly, etwas Vernünftiges anzuziehen – Charly schlief nämlich am liebsten komplett nackt. Widerwillig kam Charly dieser „Bitte" nach, widersetzte sich jedoch nicht, da ihm immer noch etwas schwummrig im Kopf war von der letzten Nacht.

„Was ist denn los, Schätzchen?", meldete sich auf einmal der Hubbel unter der Bettdecke neben Charly, und ein kleiner Kopf lugte unter der Decke hervor. Die beiden Polizisten warfen sich Blicke zu, die eindeutig Verwirrung aufwiesen und vor allem Angst vor erneuten Fragen und Aufgaben.

Sie nickten sich unmerklich zu, Bodo und Theo arbeiteten schon seit über zwanzig Jahren zusammen und so verstanden sie sich auch so gut, dass sie nicht einmal ihre Gedanken aussprechen mussten.

Theo warf dem Lover von Charly seine Kleidung zu mit den Worten „Und du verschwinde! Mach, dass du wegkommst, und behindere unsere Arbeit nicht. Sonst nehmen wir dich fest!" Das war natürlich eine leere Drohung, denn genau diese zusätzliche Festnahme wollten die beiden eingeschworenen Bitburger Polizisten nicht. Der Bursche sah ziemlich jung aus und keiner der beiden wollte sich damit beschäftigen, ob der junge Mann überhaupt die Altersgrenze erreicht hatte, die seine Handlungen mit Charly legitimierten.

Bodo und Theo wussten zwar, dass der Hauptkommissar wahrscheinlich nicht sehr erfreut darüber sein würde, aber er musste ja nicht unbedingt wissen, dass Charly nicht alleine war, und außerdem hatte er ihnen NUR den Auftrag erteilt, Charly abzuholen ...

Als Charly sich endlich angezogen hatte, ging er, von den beiden Polizisten in die Mitte genommen, zur Rezeption. Von seinem neuen Spielgefährten hatte er sich nicht einmal verabschiedet, er erinnerte sich kaum noch an dessen Namen. ‚David oder Dennis, irgendwas mit D', überlegte er auf dem Weg zur Rezeption, die Hände hinten auf dem Rücken mit Handschellen gefesselt.

Die drei Männer betraten die Rezeption und sorgten für große Furore. Es wurde getuschelt und geflüstert. Charly war das außerordentlich peinlich.

‚So eine Blamage! Gut, dass ich nicht in der Heimat bin!', dachte er sich und nahm sich vor, kurzfristig aus dem Hotel auszuchecken, um dieses Ergebnis von viel Alkohol und ein paar stärkeren Drogen schnellstens aus seinem Gedächtnis zu verbannen.

Kurz darauf: Theo und Bodo betraten mit ihrem Verhafteten das Kommissariat und gaben diesen ganz stolz beim Hauptkommissar ab. Auf die Frage, ob es Probleme gab und noch etwas zu berichten sei, antworteten beide ohne mit der Wimper zu zucken mit einem „Nein" und verabschiedeten sich von Bernd und seinem Team.

Charly wurden die Handschellen abgenommen, denn er hatte sich über starke Schmerzen beschwert, und dieses Gejammer wollte sich nun wirklich keiner mit anhören.

Nachdem Charly auch noch mit einem Kaffee versorgt wurde, fing er mit seiner Geschichte an.

„Meine Familie ist schon seit Jahren eine bekannte Größe in der Brauereiszene in Hessen. Alfons Strudel war früher bei uns als Braumeister beschäftigt, und hat dann einfach, so ganz ohne Grund, unser Rezept gestohlen und damit beinahe das ganze Unternehmen in den Ruin getrieben! Da konnte ich nicht tatenlos zusehen! Was hätten Sie an meiner Stelle gemacht?"

„Also geben Sie den Mord an dem Braumeister zu, Sie haben ihn aus Rache ermordet, weil er ihr Geheimrezept angeblich entwendet hat?", fragte der Hauptkommissar und freute sich bereits auf den schnellen Abschluss des Falls. Wobei sein Bauchgefühl ihm bereits sagte, dass es nicht so einfach werden würde.

„NEIN!", brüllte Charly laut in diese Überlegung hinein „Ich habe niemanden getötet!" ‚Zumindest nicht, dass ich wüsste', fügte er in Gedanken hinzu.

„Haben Sie denn ein Alibi, um dies zu beweisen? Was haben Sie zwischen Sonntagabend und Montagmorgen gemacht?", fragte Stupps, die auf der Vorderkante ihres Stuhls saß.

„Weiß ich nicht genau. Da hab ich geschlafen oder etwas getrunken."

Dieses Alibi war nun mehr als dürftig und Bernd war sich auch sehr sicher, dass Carl Emanuel-Maria ihn hier anlog und ihnen etwas verheimlichte.

Doch war das wirklich der Mord an Alfons Strudel, der hier ver-schwiegen wurde?

Stupps hatte von ihrer Freundin an der Rezeption des Dorint-Hotels bei einem Telefonat am gestrigen Abend erfahren, dass Charly plante, nach Thailand zu fliegen. Er hatte ihr einmal nebenbei erzählt, dass er sich seit Langem für Thaiboys interessiere und dass er schon immer nach Thailand fliegen wollte und nun endlich diesem Wunsch nachkommen würde, da sein Auftrag in der Eifel erfüllt sei.

So entschied Bernd, dass eine erhöhte Fluchtgefahr bestand, schon alleine aufgrund der finanziellen Mittel des potenziellen Täters und er beschloss, Charly festzunehmen.

Während der Hauptkommissar zu seinem Telefon griff, um die Schutzpolizei anzurufen, sprang Charly plötzlich auf und rannte auf die Tür zu.

Durch seine unerwartete und schnelle Bewegung schubste er Stupps von ihrem Stuhl, sprang über sie hinweg und rannte auf die Tür zu. Um bei den anderen Abteilungen des Reviers nicht aufzufallen, ging er mit schnellen Schritten, jedoch ohne zu laufen, auf den Hauptausgang zu, um dieses Gebäude ein für alle mal zu verlassen und den Flieger nach Thailand zu nehmen.

Währenddessen lag Stupps verblüfft auf dem Boden des Büros vor der Tür und hinderte den Hauptkommissar und Beat an der Verfolgung. Beat wollte gerade

Stupps aufhelfen, als diese ihren Cowboyhut zurechtrückte und sich vergewisserte, dass ihr T-Shirt, diesmal mit dem Aufdruck „Ich suche einen Prinzen – keinen Frosch. Ruf an! 06569/1258", nicht allzu viel Haut unbedeckt ließ. Ein ziemlich hoffnungsloses Unterfangen, wenn man bedachte, dass alle ihre T-Shirts tiefe Ausschnitte hatten und meist so kurz waren, dass man ausreichende Aussicht auf die Speckröllchen hatte, die aus der Hose quollen. Die 85 Kilo auf die Größe von nur 152 Zentimeter zu verteilen, war eben schwierig.

Der Hauptkommissar fluchte leise vor sich hin, unterließ es jedoch, bei seinen Kollegen Hilfe anzufordern, um sich nicht zu blamieren. Da war ihm einfach mal so ein Verdächtiger entwischt und das nur, weil seine Assistentin so breit war, dass er nicht mehr durch die Tür passte.

Dieser Fall raubte dem Hauptkommissar seine letzten vorhandenen Nerven!

36

Bisher hatte das Kripo-Team den Arbeitsplatz von Alfons Strudel noch nicht überprüft. Also fuhr Bernd Birnbach zur Hausbrauerei am Bitburger Flugplatz.

Hier – am ehemaligen Flugplatz – war eine sich stark entwickelnde Gewerbe- und Industrieszene entstanden. Und die Entwicklung ging sehr positiv weiter. So war es auch fast selbstverständlich gewesen, dass sich die neu gegründete Hausbrauerei hier ansiedelte. Zunächst einmal gab es hier – mit all den umliegenden Betrieben eine gute Kundenbasis für das Mittagsgeschäft. Auf der anderen Seite war der alte Flugplatz überall bekannt, nicht nur in Bitburg, sodass es auch nicht schwer war, ein gutes Abend- und Wochenendgeschäft zu generieren.

Als der Hauptkommissar dort ankam, empfing ihn die Sekretärin des Verwaltungsleiters. Sie nannte sich allerdings nicht Sekretärin, sondern ‚Assistent to the Chief Execution Officer' – ohne englisch kam heute wohl niemand mehr aus. Sie führte ihn in einen Besprechungsraum, bot ihm Kaffee und Kekse an und versprach, dass der Geschäftsführer gleich kommen würde.

Nun, es dauerte geschlagene 10 Minuten bis die Tür aufging und ein schmaler, großgewachsener Mann von etwa Mitte dreißig hereinkam. Er stellte sich vor als Bert Schwarz, geschäftsführender Gesellschafter der Hausbrauerei. Der Hauptkommissar stellte sich ebenfalls vor und fragte ihn, wie er denn Alfons kennengelernt habe.

Nach seiner Karriere als Börsenmakler, zuerst in Frankfurt, danach in London, hatte Bert Schwarz beim Börsencrash 2008 entschieden, dass er sich nicht mehr so abrackern wollte, und war mit einem zweistelligen Millionenvermögen aus dem Finanzgeschäft ausgeschieden. Da man aber mit Ende zwanzig nicht so einfach ‚nichts' mehr tun kann, hatte er nach einem neuen Betätigungsfeld gesucht. Da er aus Hessen kam, hatte ein Bekannter ihn mit Alfons Strudel bekannt gemacht.

Nach einigen Gesprächen hatte man sich geeinigt, eine neue Brauerei zu gründen. Bert Schwarz hatte das Geld dazu. Alfons Strudel das ungeheure Wissen eines hervorragenden, ja außergewöhnlich begabten Brauereimeisters. Er war einfach fachlich ein Star. Nach einer Ausbildung in Weihenstephan hatte er sich in die Spitzenriege der deutschen Braumeister vorgearbeitet.

Erst im Laufe der Zeit fand Schwarz heraus, dass sein Partner Alfons die eine oder andere menschliche Schwäche hatte. Aber solange dies keine Auswirkungen auf das Geschäft hatte, war ihm dies egal. Die Anzahl der Arschlöcher pro Quadratmeter, wie sie in seinem früheren Metier, der Finanzbranche üblich war, konnte so leicht wohl niemand toppen – auch Alfons würde dabei Mühe haben. Obwohl ... zur Oberliga könnte er schon gehören. So begann der Erfolg der Hausbrauerei am Bitburger Flugplatz.

Der Hauptkommissar fragte, ob es in der beruflichen Umgebung von Alfons Unregelmäßigkeiten, Feindschaften oder ähnliches gegeben habe, dass zu einem Mord geführt haben könnte.

Sein Gesprächspartner überlegte kurz, was er sagen sollte. „Es gab hin und wieder Schwierigkeiten zwischen Alfons und dem weiblichen Personal. Aber Grund für Mord? Unvorstellbar!" Mehr wollte er dazu nicht sagen. Auf Nachfragen von Bernd gab es keine weiteren Informationen. Einzelheiten könne er nicht sagen, dazu wisse er zu wenig.

Toll, ausgezeichnet! Mit solchen Informationen würde es noch Monate dauern, bis man die richtigen Anhaltspunkte gefunden hatte. Und die Partnerschaft der beiden, Finanzhai und ein in privaten Dingen sehr schwieriger Mensch, das musste eine ‚großartige' Mischung sein.

Während der Hauptkommissar noch den Geschäftsführer nach der Anschuldigung für den Rezeptdiebstahl und Einsatz bei der Brauerei durch Alfons Strudel befragte, kam die Sekretärin wieder herein und erinnerte ihren Chef an den nächsten Termin, der schon auf ihn wartete.

Es sollte jedoch noch der Vorwurf von Carl Emanuel-Maria Dachser geklärt werden, bevor sich der Verwaltungschef verabschieden durfte.

Mit einem kurzen „Nein, auf keinen Fall wäre dies hier vorstellbar. Und nun muss ich leider gehen." beantwortete der gewiegte Geschäftsmann diese Frage und war schon durch die Türe verschwunden.

Seufzend erhob sich Bernd. Ob er hier wohl die Wahrheit erfahren hatte? Er beschloss, dies herauszufinden!

37

Am frühen Nachmittag wartete bereits Elke Sahm im Kommissariat, als Bernd zurückkam.

Elke wurde höflich ins Büro des Hauptkommissars gebeten. Dort lag bereits ihre Aussage, fertig zur Unterschrift. Die hatte Stupps gleich getippt, nachdem sie – ein wenig verspätet – gekommen war. In der Zwischenzeit waren natürlich die Erkenntnisse, die Beat beim Besuch ihres Privathaushaltes gewonnen hatte, hinzugekommen.

Mit den Worten „Das sind also die Erkenntnisse von gestern Vormittag", legte ihr der Hauptkommissar diesen Bericht vor. Als sie bereits zum Stift griff, um diese Aussage zu unterschreiben, zog er ihr mit schneller Bewegung das Papier weg und fragte sie „nachdem scheinbar die Messer in ihrem Betrieb beim Tode ihres Exmannes keine Rolle spielten, scheint jedoch die Wahrscheinlichkeit groß, dass ein Messer aus ihrem Privathaushalt bei der Tat eine entscheidende Rolle gespielt hat. Damit sind sie wieder eine der Hauptverdächtigen. Ihr Alibi von Montag früh ist auch noch von niemandem bestätigt worden.

Wollen Sie nicht noch einmal darüber nachdenken, ob sie bei allem schwerwiegenden Tatumständen, die sie belasten, nicht doch lieber eine zielführende Aussage machen möchten?

Sie erscheinen im Augenblick als die Haupttatverdächtige und bei der geringen Entfernung nach Luxemburg würde ich einmal Fluchtgefahr annehmen, sodass ein Richter einen vorläufigen Haftbefehl für Sie mit Sicherheit unterschreiben würde.

Ganz davon abgesehen kann ich mir fast nicht vorstellen, dass ihre Haushaltshilfe eine legale Arbeitserlaubnis hier hat und dass Sie diese ordnungsgemäß zur Sozialversicherung angemeldet haben. Damit haben wir als Garnitur auf der Tätertorte auch noch das Delikt des Sozialversicherungsbetrugs."

Elke ließ sich durch diese Drohung nicht einschüchtern und gab nicht nach, so wie es der Hauptkommissar erwartet hatte. Stattdessen meinte sie: „Ohne meinen Anwalt sage ich nichts mehr! Außerdem... das mit dem Unterschreiben des Vernehmungsprotokolls ... Sie vermuten es schon ... Schmieren Sie sich das Protokoll in die Haare!"

Kaum hatte diese wilde Furie den Raum verlassen, kam die Bemerkung vom Hauptkommissar „Teufel auch, was ist das für ein Drache, die hat ja Haare auf den Zähnen."

Darauf Beat: „Also, Klartext: Im Jargon einer Fluggesellschaft würde das heißen ‚Welcome to Broomstick Airlines (Herzlich Willkommen bei der Besenstiel-Fluggesellschaft, denn Hexen reisen ja gerne auf Besenstielen). Sie bekommen noch ein heißes VIP-Paket aus Naturprodukten – ja, wir bauen ihren Scheiterhaufen noch aus Holz.' Das wäre die richtige Behandlung für Elke."

„Und", setzte der Kommissar hinzu, „wir werden die Dame wiedersehen, denn ihre Fingerabdrücke haben wir noch nicht."

38

Als Bernd von seinem Brauereibesuch wieder in sein Büro zurückkam, wartete bereits der Pathologe auf ihn. Thomas war neu in der Pathologie und eigentlich auch zu überqualifiziert für diesen Job. Er war geborener Eifelaner, hatte allerdings an der Harvard Medical School studiert und dort auch an verschiedenen Forschungsprojekten gearbeitet. Wie ein Eifeler Bursche nach Harvard kam? Natürlich durch Verbindungen. Thomas' Vater war Arzt in Bitburg und auch Thomas hatte sich schon als kleiner Stummel für die Medizin interessiert.

Als seine Familie einmal zu Besuch in Amerika auf Chrissi, Stupps' Schwester, und ihren Mann Marc trafen, bekam Thomas die Gelegenheit, einige wichtige Personen aus dem medizinischen Bereich des Militärs kennenzulernen. Es traf sich, dass gerade diese Militärärzte Marc einen Gefallen schuldeten und so wurde ein Brief an Harvard geschickt und Thomas konnte nur wenigen Monaten danach sein Studium an der Harvard Medical School aufnehmen.

Aus persönlichen Gründen war Thomas seit einigen Monaten wieder zurück in der Eifel und Alfons Strudel war der erste Mordfall, den er untersuchte. Aus diesem Grund nahm er sich auch sehr viel Zeit und erzählte dem Team von Bernd alle Details, die er bei der Autopsie gefunden hatte.

„Der Todeszeitpunkt liegt zwischen 6 Uhr 30 und 8 Uhr am Montagmorgen.", sagte Thomas und erklärte auch gleichzeitig, wie er dies ermittelt hatte. „Da die forensische Entomologie erst nach 48 Stunden die besten Ergebnisse für den Todeszeitpunkt bringt, hat es so lange gedauert, bis ich euch die Ergebnisse mitteilen konnte."

„Forensische-was?", fragte Stupps.

„Entomologie ist der Fachausdruck für Insektenkunde. Die Entwicklungsstadien von Schmeißfliegenlarven lassen einen Rückschluss auf den Todeszeitpunkt liefern. Natürlich abhängig von der Umgebungstemperatur und den anderen Witterungseinflüssen, in der die Leiche gefunden wurde." Thomas erzählte auch weiter von der Leichenstarre – der eintretenden Erstarrung der Muskulatur – die bei Zimmertemperatur nach 6 bis 12 Stunden vollständig auftritt. Bei Hitze geschieht dieser Vorgang natürlich schneller und dementsprechend bei Kälte langsamer.

„Dieses Phänomen", meinte Thomas „lässt sich sehr gut mit einem Steak vergleichen. Wir Menschen essen ja die Kuh auch nicht gleich, wenn sie geschlachtet wurde. Wir lassen das Fleisch erst einige Zeit hängen. Würden wir das Fleisch direkt nach dem Tod essen, wäre es hart, weil alle Muskeln verhärtet sind. Essen wir das Steak allerdings erst, wenn die Muskeln sich wieder entspannt haben, dann genießen wir ein saftiges Stück Fleisch!".

Bernd fand es etwas gewagt von einem Pathologen, Mahlzeit und Autopsie gedanklich zu verbinden, fand die Erklärung jedoch sehr sinnvoll und es regte sich Lust in ihm, wieder einmal ein Steak zu braten.

„Nach 24 bis spätestens 48 Stunden löst sich dann wieder die Leichenstarre und setzt danach auch nicht wieder ein. Auch die frühesten auftretenden Todeszeichen, die Totenflecke, habe ich natürlich untersucht.

Diese entstehen übrigens bereits etwa dreißig Minuten nach dem Kreislaufstillstand und kommen durch das schwerkraftbedingte Absinken des Blutes zusammen.

Dieser Vorgang betrifft übrigens nicht nur Blut, sondern alle Flüssigkeiten im Körper. An Körperstellen, auf die von außen Druck auf die Haut ausgeübt wurde, bilden sich die Totenflecke nicht aus.

Wusstet ihr auch, dass sich Totenflecke bis zu sechs Stunden nach dem Todeseintritt vollständig umlagern lassen? Wenn die Position des Toten verändert wird, dann werden unter Einfluss der Schwerkraft die Totenflecke verlagert."

Beat unterbrach die etwas langatmigen Erklärungen mit dem Spruch: „Kommen Sie endlich zum Punkt."

Etwas beleidigt fuhr Thomas fort: „Anhand der Körpertemperatur des Opfers im Vergleich zur Außentemperatur und auch der vorherigen genannten Methoden habe ich herausgefunden, dass der Todeszeitpunkt zwischen halb sieben und acht Uhr liegt."

Nachdem Beat Thomas ein wenig brüskiert hatte, fuhr dieser schneller fort und berichtete, dass die Messerstiche nicht die Todesursache bildeten. Die Einstiche waren nicht tief genug für tödliche Verletzungen. Da aber starkblutende Gefäße verletzt wurden, ließ sich das viele Blut am Tatort erklären. Dieser Blutverlust war aber nicht groß genug für den Tod des Opfers. Es wurden außerdem keine lebenswichtigen Organe durch die Messerstiche verletzt. Er fuhr fort: „Was nicht bedeutet, dass die Organe unverletzt sind."

Thomas bestätigte, dass Fingerabdrücke auf dem Messer gefunden werden konnten, zum Teil leicht verwischt, aber doch klar erkennbar. Auch DNA-Spuren hatte man gefunden. Nur leider waren diese Spuren nicht zuzuordnen. Es gab in der Polizeikartei niemand, auf den die Merkmale zutrafen. So war dies zunächst einmal eine Spur ... ins Nichts!

Mit hoher Wahrscheinlichkeit war das Opfer nicht an den Messerstichen, sondern an Herzversagen gestorben, wobei Thomas nicht genau sagen konnte, wodurch der Herzinfarkt verursacht wurde.

Bernd war von dieser Aussage nicht angetan. Er hatte Zweifel daran, dass Alfons eines natürlichen Todes gestorben war. Allein die Messerstiche zeigten, dass es sich um ein Verbrechen handelte, doch war es wirklich Mord oder hatten die Lebensumstände von Alfons dazu geführt, dass ihm das Herz stehen blieb, als er gerade vom Täter verletzt wurde. Mit anderen Worten, hatte das ständige Saufen und die wenige Bewegung Schuld an dem Tod oder war doch ein anderer Grund dafür vorhanden?

Bernd wusste keinen Rat, konnte sich aber auch nicht auf diese Fragen konzentrieren, da Thomas mit seinem Bericht fortfuhr.

„Die Nieren- und Leberwerte waren so erhöht, dass ich davon ausgehe, dass das Opfer ein sehr, sehr starker Trinker war. Ihr wisst ja sicherlich, dass Alkohol in der Leber abgebaut wird, und dass dieser Prozess bei chronischem Alkoholgenuss überlastet ist und so die Leberzellen beschädigt werden.

Ehrlich gesagt frage ich mich, wie dieser Mann mit dieser Leber überhaupt leben konnte. Auch die Werte von Magen und Darm sahen nicht allzu gut aus ..."

Mit einem kurzen Blick auf Beat beendete Thomas seine Ausführungen über den Schaden der Leber und deren Ursache mit dem Kommentar „Nimmt man noch den Muskelschwund hinzu, dann war das Opfer in einer sehr schlechten körperlichen Verfassung. Ob das jedoch endgültig zu seinem Tod führte, kann ich im Augenblick nicht sagen."

„Es liegt außerdem eine Leukozytose vor, also eine Vermehrung der weißen Blutkörperchen. 11.300 Leukozyten pro Mikroliter Blut gilt als Normalwert, die Werte des Opfers lagen jedoch drüber. Allerdings konnte ich aufgrund des Blutbildes nicht erkennen, ob das am häufigen inhalativen Rauchen liegt oder an einer früheren Entzündung. Leukämie kann ich allerdings ausschließen."

Alfons Strudel litt also an der in Brauerei-Kreisen bekannten Krankheit, der ‚Braumeisterkrankheit' und an noch vielen kleinen weiteren Wehwehchen.

Neben dieser Erkenntnis berichtete Thomas von Samenspuren, die auf der Unterwäsche des Opfers gefunden wurden. Alfons Strudel habe demnach kurz vor seinem Tod Geschlechtsverkehr gehabt. Mit wem, das galt es jetzt herauszufinden.

Bernd verabschiedete Thomas mit einem nicht allzu sanften Händedruck und bedankte sich dafür, dass er persönlich vorbeigekommen war. Als Thomas beinahe schon aus der Tür war, fügte Bernd noch hinzu, dass er das nächste Mal aber auch ruhig einen schriftlichen Bericht per Mail schicken könnte.

39

Das Ermittlerteam setzte sich nun zusammen und besprach alle Ergebnisse, die bis jetzt vorlagen.

Die Autopsie hatte leider mehr Fragen als Antworten aufgeworfen und so sahen sich die drei gezwungen, alles noch einmal durchzugehen.

Stürmer-Nobbi konnten sie zum Glück als Verdächtigen von der Liste streichen, ohne ihn nochmals ins Präsidium bestellen zu müssen.

Auch Elke Sahm schien zu diesem Zeitpunkt nicht wirklich verdächtig, da ihr Mann inzwischen im Kommissariat ihr Alibi bestätigt hatte.

Außerdem spielte das Messer keine ursächliche Rolle bei dem Mord – wenn es denn überhaupt Mord und nicht die göttliche Vorsehung war, die Alfons vom Leben zum Tode befördert hatte. Man wollte jedoch die Messerattacke nicht ganz aus den Augen verlieren, zumindest kam es als Körperverletzungsdelikt infrage. Aber das hatte Zeit, um später noch verfolgt zu werden.

Alle Indizien und Ergebnisse führten das Team von Bernd nicht zum gewünschten Ergebnis. Auch die Pfändung des Wagens von Alfons Strudel hatte nicht weitergeführt.

Da war aber noch ein weiterer Verdächtiger, der noch nicht entlastet war: Carl Emanuel-Maria Dachser. Er hatte ein Motiv und schien auch die Gelegenheit gehabt zu haben. Gerade seine Flucht bewies, dass er etwas verheimlichte.

So beschlossen sie, dieser Spur zu folgen, auch wenn die Todesursache noch nicht ein-deutig geklärt war.

40

Während die Ergebnisse der Ermittlung besprochen wurden, saß Charly in einem Verhörraum des Präsidiums. Ihm war die Flucht nicht gelungen. Er hatte nicht einmal das Gebäude verlassen können. Als Charly im Erdgeschoss angekommen war und kurz davor stand, die Eingangstür zu erreichen, sah er die zwei Polizisten – Theo und Bodo – die ihn im Landhaus „Eiche" abgeholt hatten. Er beschleunigte seinen Schritt, er lief so schnell wie er nur konnte und schubste dabei Bodo um, der eine Fanta in der Hand hielt.

Durch den hohen Alkoholkonsum und den wenigen Schlaf, den Charly in der vorherigen Nacht, hatte er sich gehörig verschätzt und war in Bodo hineingelaufen, anstatt an ihm vorbei durch die Tür zu gehen.

So war Charly anstatt in Thailand wieder im 2. Stock des Präsidiums gelandet und wartete nun darauf, von Bernd und seinem Team erneut befragt zu werden.

Es war schon ein wenig später, da betraten Bernd, Stupps und Beat den Raum, indem Charly nun seit Stunden ohne jegliche Verpflegung auf sie gewartet hatte.

In der Zwischenzeit hatte der Pathologe seine Ergebnisse präsentiert, es hatte eine Teambesprechung zu den Ermittlungsergebnissen stattgefunden und der Hauptkommissar war auch noch vom Verwaltungsleiter gebeten worden, ihn aufzusuchen, damit man die Bemühungen um Einsparungen bei den Ermittlungen besprechen konnte.

Der Hauptkommissar sollte im Laufe der nächsten drei bis vier Tage Vorschläge, natürlich schriftlich, einreichen, wie man ein Drittel seiner Kosten sparen könne. Es war ein Wunder, dass der Verwaltungsleiter nun nicht erwürgt neben seinem Arbeitsplatz lag, aber ... der Hauptkommissar war stolz darauf, diesen Verwaltungsheini nicht erschlagen zu haben.

Stupps brachte für Charly ein kleines Sandwich und einen Pappbecher mit Wasser mit und stellte sich weit entfernt von der Tür hin.

Bernd wartete, bis Charly seinen Imbiss beendet hatte und sagte dann mit wahrer Engelsgeduld: „Sie sehen, dass Flucht und Lügen keinen Sinn mehr haben. Ohne ein bestätigtes Alibi ist ihre Situation mehr als nur problematisch. Wir können Sie jetzt festnehmen und wer weiß, wann Sie das nächste Mal wieder durch die Straßen schlendern können. Also, sagen sie uns die Wahrheit und ersparen uns das Hin und Her."

Charly hatte bereits in den ersten Minuten seines Aufenthalts im Verhörzimmer beschlossen, dass er die Wahrheit sagen wollte, obwohl ihm bewusst war, dass dies wahrscheinlich eh nichts bringen würde.

„Sonntag Nacht war ich zu Hause, sprich im Dorint-Hotel am Bitburger Stausee, mit einem Freund – Sie verstehen schon.

Am Anfang lief alles gut, wir hatten uns in Köln kennengelernt und ich habe ihn mit ins Landhaus genommen. Wir hatten sehr viel Spaß und sind nachts erschöpft in die Federn gefallen. Als ich jedoch morgens meine Hose anzog, um mir einen Kaffee zuzubereiten, merkte ich, dass mir mein Geld geklaut wurde."

Char-ly hatte immer 2000 Euro in seiner hinteren Hosentasche dabei, in Form von 2 x 500-Euro-Scheinen und den Rest in ‚Kleingeld' von 100-Euro-Scheinen. Dieses Geld war nicht mehr in seiner Hosentasche und so wurde ihm klar, dass nur sein Lover dieses Geld entwendet haben konnte.

„Dann hab ich ihm ein wenig zugesetzt – nichts Schlimmes – und er hat alles zugegeben und mir das Geld zurückgegeben. Er hatte es in seinen Socken versteckt!", fuhr Charly fort.

Daraufhin hatte Charly seinen Gefährten rausgeworfen. Dieser hatte angefangen zu weinen und ihn gefragt, wie er denn ohne Geld und Auto nach Köln kommen sollte, er wüsste ja nicht einmal, wo er sich ge-nau befand.

Daraufhin zückte Charly sein Smartphone und sprach in einem zuckersüßen Ton: „Es sind nur 137 km von hier bis zum Badehaus Babylon in Köln. Es wird Dir guttun, bei der frischen Luft einen klaren Kopf zu bekommen. Du hast ja auch noch beide Daumen, da findest Du sicherlich eine passende Mitfahrgelegenheit, die Du beklauen kannst." Mit diesen Worten schlug Charly die Tür zu.

Charly gestand dem Ermittlerteam auch den Grund, warum er diese Geschichte nicht schon heute morgen erzählt habe. Es war ihm peinlich, beklaut worden zu sein und er war sich sicher, dass sein Bettgefährte ihm aufgrund dieser Ereignisse kein Alibi geben würde.

41

Stupps sah keine Gefahr mehr in der Situation und so verließ sie den Raum, um für alle vier Kaffee zu kochen. Beat hatte schon kurz davor den Raum verlassen, da sein Handy geklingelt hatte und er ein wichtiges Gespräch annehmen musste, wie er dem Hauptkommissar versicherte.

Bernd saß hinter dem Schreibtisch am Fenster und schaute Charly nachdenklich an. Konnte er diesem bunten Vogel wirklich trauen? Seine Geschichte klang glaubwürdig, doch keiner aus dem Hotel konnte dies bestätigen, weil das Landhaus „Eiche" so abgelegen war. Das Handy vom Hauptkommissar klingelte mit der verheißungsvollen Melodie von „Brüder zur Sonne, zur Freiheit".

Charly sah das wieder als seine Chance zur Flucht an. Gestärkt durch das Sandwich sprang er auf und ließ erneut das Team von Bernd Birnbach hinter sich zurück.

Die Polizeiinspektion Bitburg findet man auf der Erdorfer Str. 10 in Bitburg. Charly verließ das Gebäude und ging in Richtung Fußgängerzone und betrat das Lokal von Elke Sahm. Er war hier in den letzten Tagen einige Male gewesen, weil das Essen gut und lecker und die Wirtin freundlich war. Hier ging er hinein, denn er war doch noch sehr hungrig und er musste unbedingt etwas trinken. Der Nachdurst nach seiner gestrigen Sauferei war groß.

ER würde noch mal darüber nachdenken, wie er hier wegkäme, und dann dafür sorgen, dass er schnellstens in einen Flieger nach Thailand kommen würde, um endlich wieder seine Ruhe zu finden.

Zunächst müsste er wieder ins Dorint-Hotel nach Biersdorf, um dort seine Sachen, sein Auto und vor allem seinen Reisepass zu holen.

Er würde wohl aufpassen müssen, dass die Polizei dort nicht auf ihn wartete, aber das Hotelpersonal würde ihn nicht stören, denn zum „Haus Eiche", das ein wenig separat vom eigentlichen Hotel lag, musste er nicht an der Rezeption vorbei.

Das würde also klappen!

42

Der Kellner von Elke Sahms Lokal meldete sich bei der Polizei, ließ sich mit dem Kripo-Team verbinden und berichtete, dass soeben ein Gast hereingestürmt sei.

„Er ist sehr hektisch und faselt wirres Zeug. Er wolle essen, und das sofort."

Auf die Frage des Kellners, ob er nicht mal erst in die Karte sehen und etwas aussuchen wolle, gibt es die unwirsche Antwort „Nein, egal was es ist, aber schnell".

Die Empfehlung für das heutige Tagesgericht, Rollbraten mit Senffleisch in Sahnesoße, wird im Keim abgewürgt.

Denn – der Gast sagt, er sei in Eile und habe keine Zeit. Er riecht nach Alkohol – er hat wohl unterwegs einen kurzen Halt an einem Kiosk gemacht, um seinen Alkoholspiegel wieder anzuheben – und es sieht für den cleveren Kellner so aus, als ob dieser Besucher eine starke Ähnlichkeit mit dem Verdächtigen hat, dessen Beschreibung im Trierer Volksfreund stand.

43

Das Lokal von Elke Sahm in der Fußgängerzone kennt eigentlich jeder. Einige erinnern sich sogar noch daran, dass dieses Lokal bei der Eröffnung 1960 als Hähnchenstube betrieben wurde.

Beat Petz hatte den Anruf aus dem Lokal von Elke Sahm entgegengenommen, dem Kellner versichert, dass sie in wenigen Minuten da sein würden und ihn gebeten, dem Gast ein oder zwei Schnäpse „aufs Haus" auszugeben. Damit hoffte er, den Verdächtigen so lange an Ort und Stelle festzuhalten, bis er und der Hauptkommissar den Mann wieder einsammeln konnten.

Bernd und Beat machten sich auf den Weg. Als die beiden das Lokal erreichten, war Charly leider schon weg. Er war viel zu ungeduldig, um sich von ein paar Schnäpsen aufhalten zu lassen. Die Frage war jetzt, was würde er als Nächstes tun? Zum Hotel fahren und sein Auto holen oder eher direkt zum Bahnhof, um von dort aus zum Flughafen nach Frankfurt zu gelangen und dann gleich weiter nach Thailand?

Da beides möglich war, teilten sie sich. Beat sollte zum Hotel fahren und Bernd wollte zum Bahnhof, um ihn eventuell dort noch an seiner Flucht zu hindern.

Beat stieg ein und fuhr mit dem Streifenwagen, der sie hierhin gebracht hatte, zum Hotel, um dort möglichst die Flucht von Charly zu verhindern.

Bernd würde stattdessen mit einem Streifenwagen, den er nun telefonisch anforderte zum Bahnhof nach Bitburg-Erdorf fahren, um den zweiten möglichen Fluchtweg zu blockieren. Sollte er ihn dort verpassen, bestand immer noch die Möglichkeit, ihn am Bahnhof in Trier abzupassen, denn der Zug würde von Bitburg bis Trier eine drei Viertel Stunde brauchen. Und dann würde der Anschlusszug nach Frankfurt auch nicht sofort fahren, sondern es würde noch eine Wartezeit von einigen Minuten geben. Also wäre es möglich, mit dem Auto die Strecke bis Trier zu schaffen, bevor der Zug zum Flughafen abfuhr.

Als der zweite Streifenwagen kam und Bernd aufnahm, war die Fahrt zum Bahnhof in Erdorf schnell erledigt. In nur 7 Minuten waren Sie dort. Die kleine Ortschaft Matzen ließen sie links liegen und schon bald kamen sie zu den kniffligen Kurven, die sie zum Langsamfahren zwangen. Aber danach ging es schnell weiter. Rechts neben ihnen floß die Kyll, die sie dann kurz vor dem Bahnhof überquerten. Noch ein paar Meter weiter und rechts abbiegen in die Mainzer Straße und schon nach wenigen Metern kamen Sie zur Bahnhofseinfahrt.

Sie stellten den Streifenwagen rechts, genau an der Bushaltestelle. Bernd und die ihn begleitenden Streifenbeamten gingen schnell die paar Schritte zu Fuß, direkt auf den Bahnsteig. Aber weit und breit war dort niemand zu sehen. Ein kurzer Blick auf den Fahrplan zeigte, dass gerade der Zug nach Köln vor wenigen Minuten abgefahren war und der nächste Zug nach Trier erst in zwanzig Minuten kommen würde. Also war es eher unwahrscheinlich, dass er diesen Fluchtweg genommen hatte.

Bernd rief Beat an und informierte ihn über das Ergebnis und die höhere Wahrscheinlichkeit, das Charly in Richtung Hotel geflüchtet war. Er beschrieb auch, wie er fahren sollte, um direkt zum Landhaus „Eiche" zu kommen, denn dass war für jemand, der sich dort nicht auskannte, ein wenig schwierig.

So konnte Beat ohne Zeit zu verschwenden, direkt über die Ferienstraße zum Haus „Eiche" fahren, wo er schon nach wenigen Metern sah, wie Charly sein Auto belud und wohl in wenigen Augenblicken starten würde.

Fast gleichzeitig stiegen die beiden Streifenbeamten und Beat aus. Alle mit gezückten Waffen. Dann war die Verhaftung und der Abtransport zur Polizeiinspektion Bitburg nur noch eine Sache von einigen Sekunden.

So endete die erneute Flucht von Charly.

44

Nachdem Charly nun endlich ein Alibi geliefert hatte, musste dies natürlich überprüft werden.

Also würden Beat und Stupps am Samstag nach Köln fahren, um dort zu versuchen, das Alibi von Charly zu überprüfen.

So richtig trauen, diesem Alibi? Nein, das tat niemand aus dem Kripo-Team. Dafür war die Aussage zu schräg, oder wollen wir sie mal lieber unwahrscheinlich nennen?

Noch am Freitag erfolgte die Vorabrecherche über die Gay-Szene in Köln im Internet. Köln war ja seit Jahren bekannt für seine Liberalität und richtete jedes Jahr den CSD aus, den Christopher-Street-Day, zu dem Schwule und Lesben aus der ganzen Welt kamen.

Eine bunte, schillernde Welt! Aber es gab viele andere Treffpunkte und Gelegenheiten, jemanden aus seinem Interessenskreis kennenzulernen.

Stupps nahm das Telefon und sprach mit einigen der Orte, die sie als die bekanntesten Treffpunkte der Kölner Gay-Szene zusammen mit Beat recherchiert hatte.

Dabei stellte sich heraus, dass das Badehaus Babylon auf der Friesenstraße wohl einer der bekanntesten „Hot-Spots" für Männer war. Also verabredete man sich für Samstag zu einem Gespräch dort, ab 13 Uhr, ohne zu detaillierte Informationen zu nennen.

Bernd hatte ihnen, am späten Nachmittag, kurz vor Dienstschluss noch von den Schwierigkeiten der Reisekostengenehmigung erzählt. Aber er hatte ihnen versichert, dass auf jeden Fall ihre Kosten übernommen würden. Egal wie!

45

Während Stupps und Beat sich auf den Feierabend vorbereiteten, klingelte das Handy des Hauptkommissars. Es ertönten die Hymne und der Triumphmarsch aus Aida. Fast unerträglich!

Am Telefon – die Freundin des verstorbenen Alfons. Sie wollte wissen, ob es bereits Ergebnisse der Untersuchung gab, und der Hauptkommissar lud sie zu einem Gespräch in die Polizeiinspektion auf der Erdorfer Straße ein, weil auch er noch einige Fragen an sie hatte und die Erläuterung der bisherigen Ergebnisse zu umfangreich waren, um diese in einem Telefonat zu erklären.

Nur wenig später tauchte sie bei Bernd auf, und zwar in einer quietsch-orangefarbenen Latzhose, ein Farbton, der den Hauptkommissar beinahe zum Augenarzt trieb. Darunter trug sie dieses Mal kein T-Shirt, weil es sehr warm war und sie gerade ihre Gartenarbeit beendet hatte.

In kurzen Worten erklärte er ihr, was sich zur Herausgabe eignete. Es war nicht viel. Er wollte jedoch ein wenig über ihr Leben und ihre Hintergründe erfahren und so bahnte sich eine sehr nette Unterhaltung an, bei der niemand von beiden auf die Uhr schaute.

Vor einiger Zeit erst hatte Annerose ihre Ernährung von vegetarisch auf vegan umgestellt und sie erklärte dem Hauptkommissar, dass bei vegetarischer Ernährung doch noch einige Tierprodukte verwendet wurden wie Milch, Eier und Käse. Einige Pseudovegetarier essen auch noch Fisch, aber das war keine wirkliche vegetarische Ernährung und Annerose konnte dies wegen der Überfischung der Meere absolut nicht gutheißen.

Bei der veganen Ernährung wird auf alles verzichtet, was tierischen Ursprungs ist. Die Ernährung ist rein pflanzlich. Der letzte Tropfen, der bei Ihr das Fass zum Überlaufen gebracht hatte, waren die Dioxin-Skandale bei den deutschen Eiern gewesen, die eine damalige Ernährungsministerin, sie kam aus Bayern, so vehement und gar nicht in den Griff bekommen hatte. Es war für sie, Annerose und viele andere klar, dass so überaus fähige bayerische Politiker dieses Problem gegen eine übermächtige Geflügel-Lobby nie in den Griff bekommen würden. Und sich permanent der Gefahr einer Dioxinvergiftung auszusetzen – das wollte und konnte sie sich nicht vorstellen.

Zur Umstellung der Ernährung war sie extra zu einer Bekannten nach Trier gefahren, die dort seit längerer Zeit Seminare in veganem Kochen abhielt. Kennengelernt hatte sie die Kursleiterin, Uta Devone, bei einem Seminar über Tierpsychologie. Es gab sogar ein Buch von Uta Devone „Tierkommunikation und mehr", das Annerose tief beeindruckt hatte.

Bei einem Pferdetraining während der letzten Sommerferien auf Mallorca hatte sie dieses Wissen um Tiere und deren Psychologie noch einmal entscheidend vertiefen können.

Aus dem Trierer veganen Kochseminar hatte sie viele wertvolle Tipps und Rezepte mit nach Prüm gebracht.

Annerose hatte ihren Vater schon früh verloren, sie ging damals noch in den Kindergarten. Woran er gestorben war, hatte sie nie erfahren und ihre Mutter war recht schweigsam, wenn sie danach fragte.

Ihr Vater, ein feuriger Italiener, der als einer der ersten Gastarbeiter nach Trier gekommen war, begeisterte ihre Mutter und schon schnell war Nachwuchs auf dem Weg. Nämlich sie, Annerose-Maria.

Natürlich war es für ihre Mutter sehr schwer gewesen, die kleine Familie nach dem Tod des Vaters zu ernähren und ein Studium zu finanzieren fast unmöglich.

Schon früh hatte sich Annerose-Maria Toretti für Natur, Heilkräuter und Gewürze interessiert. Ihre Mutter förderte dies. Ihre Familie hatte eine Tradition über mehrere Generationen, bei denen man die weiblichen Mitglieder wohl mit Fug und Recht als Kräuterhexen bezeichnen konnte.

In Wirklichkeit war es jedoch das von Generation zu Generation weitergegebene Wissen um die Wirkung von Kräutern und Heilpflanzen. Ihre Mutter war in ein Netzwerk von Naturheilern eingebunden, und durch ihre Arbeit als normale Heilpraktikerin half sie vielen Leidenden, ihre Krankheiten zu besiegen, zumindest jedoch die Schmerzen zu lindern. So war sie mit der Zeit eine kleine Berühmtheit geworden, zu der die Leute kamen, wenn die Schulmedizin nicht mehr weiterhalf.

Dieses Wissen um Kräuter faszinierte Annerose und sie beschloss, dies zu ihrem Beruf zu machen. Schon früh kam sie auf die Idee, dass sie dies als Lehrerin am einfachsten umsetzen konnte. Als Pädagoge muss man in zwei Fächern unterrichten, so kamen Sprachen als zweites hinzu, denn durch ihren Vater hatte sie schon die Liebe zu der italienischen Sprache geerbt. Diese Liebe war über viele Jahre durch die Sommerurlaube bei der Nonna, so nennen die Italiener ihre Großmutter, weiter gewachsen.

Nonna lebte in dem kleinen Dorf Premana, in der Provinz Como. Dieses Dorf liegt eng angeschmiegt an einem Berghang. Die Straßen sind meist so schmal, dass man nur mit den berühmten alten Piaggio-Dreirädern durchkommen kann. Das Dorf ist auch bekannt als das „italienische Solingen" mit seinen vielen kleinen Schneidwarenfabriken.

In der Nähe dieses Dörfchens gab es ausgedehnte Waldgebiete, in denen Annerose oft umherstreifte und viele Kräuter entdeckte, die sie aus ihrer Eifeler Heimat noch nicht kannte. Sie trocknete diese und brachte sie zurück nach Hause, ihre Mutter kannte einige davon, aber nicht alle.

Nach dem Abitur schrieb sich Annerose zum Lehramtstudium in Aachen ein. Schon schnell war ihr klar, dass sie dort nicht ausreichend Wissen und Erfahrungen über Heilkräuter und -pflanzen und deren Wirkung erwerben konnte, denn das reine Biologiestudium war eine 08/15-Wissensvermittlung.

Also musste sie sehen, wie sie ihr Studium ausdehnte und dies ging nur im Ausland. Die besten Studienplätze, so fand sie schnell heraus, waren zum einen in Lima, Peru und in Bangkok, Thailand. Wie dies aber finanziert werden sollte? Vom kleinen Einkommen ihrer Mutter sicherlich nicht.

Ihr Studienberater machte ihr auch schnell klar, dass für solche ‚Extrawürste', wie er es nannte, das BAföG nicht zum Fenster herausgeworfen wird.

Per Zufall stieß sie während des Semesters auf eine Webseite www.seekingarrangement.com. Dort treffen sich einige Millionen von meist älteren Herren, die in der Regel ein wenig jüngere Damen treffen möchten.

Reif & reich sucht jung & knackig, so könnte man es verkürzt sagen. Dass dies von beiden Seiten von Interesse sein kann, stellt sich schnell heraus, denn im Normalfall sind die hier auftauchenden älteren Männer spendierfreudig.

Es ist ja selbstverständlich, dass dafür eine Gegenleistung erwartet wird, aber dies ist für die meisten jungen Mädels kein Problem, denn vielfach sind diese älteren Herren nicht nur generös, sondern auch erfahren und in höheren sozialen Schichten unterwegs. Ewas, was sich viele junge Frauen aus eigener Kraft nicht leisten können und wofür ihnen auch die Verbindungen fehlen.

So auch in diesem Falle. Annerose-Maria fand auf dieser Plattform ihren sugar-daddy, einen etwa 50-jährigen, freundlichen Herren, der schon seit längerer Zeit mit seiner Frau keine gemeinsame Basis mehr hatte, aber aus Gründen der Vernunft weiter mit ihr zusammen lebte.

Nach dem ersten Ausgehen schenkte er Annerose ein wunderschönes Abendkleid und lud Sie zu einer Reise nach Wien ein. Er hatte Karten für die Staatsoper. Und da sie natürlich gemeinsam reisten, fiel ihm auf, dass sie zwar Wert auf gute Unterwäsche legte, es ihr aber an finanziellen Mitteln mangelte.

So kam sie zu ihren ersten wirklich teuren Dessous von Agent Provocateur. Von da an hatte er ihr Herz wirklich erobert.

Nach und nach nahm sowohl ihre Unterwäschesammlung zu, aber auch Ihr Kleiderschrank füllte sich immer ein wenig mehr. Trotzdem blieb sie ihrer Vorliebe für Latzhosen treu, denn diese bevorzugte sie im Alltag. Aber die Dessous von Agent Provocateur ... die gehörten ab nun immer dazu.

Das nächste Semester studierte sie in Lima. Ihr sugar-daddy verlegte seinen Arbeitsplatz immer mal wieder dorthin, denn er arbeitete als Entwicklungsleiter für ein internationales Pharmaunternehmen, das weltweit Labore für verschiedene Forschungsschwerpunkte besaß. Er war frei in seinen Entscheidungen und nur dem Vorstandsvorsitzenden des Konzerns gegenüber verantwortlich.

Er begleitete also Annerose zum Studienbeginn nach Lima und blieb einige Wochen dort. Dies half ihr natürlich bei der Eingewöhnung sehr. Schnell hatte sie auch einen Kreis von jungen, aktiven Studierenden ausgemacht, die sich genau wie sie besonders für Kräuter und Heilpflanzen interessierte.

Oft fuhren sie gemeinsam in die Umgebung von Lima, um dort in den weiten Tälern nach verschiedenen Kräutern zu suchen, für die diese Gegend so bekannt war.

Nach dem zweiten Semester war Schluss, und sie kam wieder nach Deutschland zurück und studierte zu Ende.

Die Besuche ihres sugar-daddys blieben regelmäßig und waren sehr angenehm. Oft reisten sie zusammen, wenn er zum Beispiel zu Vorträgen fuhr, nahm er sie oft mit und bei diesen Reisen lernte sie beste Hotels und Restaurants kennen. Es war einfach für sie rundrum ein absoluter Genuss, und sie fühlte sich hemmungslos verwöhnt.

Nach Ihrem Studium begann ihre Arbeit als Referendarin und danach als Lehrerin in den Fächern Biologie und Sprachen. Sie unterrichtete Englisch und Italienisch, das an ihrer Schule, dem Regino-Gymnasium in Prüm, ein Wahlpflichtfach unterrichtet war.

Das Wissen um Kräuter gehörte – wie gesagt – zur Familie. Seit mehreren Generationen.

Bereits in ihrer Jugend hatte sie einen kleinen Kräutergarten und während Ihres Studiums suchte sie immer Kontakt zu „Kräuterhexen", genau wie in Italien zu ihrer Großmutter aus Premana in der Provinz Como.

In Lima gab es unweit der Hauptstadt in einem großen Tal eine noch relativ junge Kräuterexpertin, die auch mit alten indianischen Pfeilgiften zur Heilung von Schmerzen experimentierte. Dort lernte sie, dass es auf die Dosis ankommt, und diese Expertin wusste auf das Milligramm genau, wie die Flüssigkeiten zu dosieren waren.

Diese Spezialistin war eine Erbin aus einer sehr reichen Autovermietungsfamilie. Insgesamt sind es drei Besitzerfamilien, denen der weltweite Konzern gehört.

Bis zum Antritt ihres Erbes ernährte sich diese junge Frau durch den Besitz eines Friedhofs. Was auf den ersten Blick eigenartig erscheint, so ist dies doch ein gutes Geschäft.

Gräber werden immer auf Zeit gekauft, meist 10 Jahre, oft auch 20 oder 25 Jahre. Nach Ablauf dieser Zeit muss dasselbe Grab erneut gekauft werden

... und gestorben wird immer.

Es war spät geworden über die Erzählungen. Bernd und Annerse verabschiedeten sich voneinander.

46

Nur selten hatte sich der Hauptkommissar einen so entspannten, eleganten Enddarmeintritt seines Vorgesetzten vor dem inneren Auge vorstellen können.

Beim Eiskunstlauf hätte es für die Eleganz eine hohe B-Note gegeben. 2004 war das alte Wertungssystem 6,0 durch ein neues 10-Punkte-System ersetzt worden. Bei diesem neuen System ging der obere Bereich von 8 Punkten = ausgezeichnet, bis hin zu 10 Punkten für erstaunlich.

Also 8,5 als B-Note hielt Bernd für angemessen.

Und da es schon spät war, kümmerte er sich nicht um das Rauchverbot, sondern zündete sich mit sehr viel Genuss eine Mille Fleurs Zigarre von Romeo y Julieta an, die er in der Woche so gern hatte, denn sie waren angenehm zu rauchen, ohne sein Taschengeld zu stark zu strapazieren. Er würde aber bald wieder Nachschub brauchen und überlegte, ob er bei seinem Lieblingshändler, Tabak Vogt in Dortmund auch ein paar Cohibas zusätzlich bestellen sollte. Die waren zwar ein wenig teurer, aber es war ein so wunderbarer Genuss.

Während er genussvoll das Zigarrenende abschnitt und danach dieses tolle Stück gedrehten Tabaks mit einem sehr langen Streichholz anzündete – er war ein Genießer, der zunächst vor dem Abschneiden die Spitze leicht anleckte, und danach die vordere Seite langsam mit dem Streichholz erhitzte, ohne sie in den Mund zu nehmen, und erst als die Spitze durch das Streichholz so stark erhitzt war, dass sie fast von selbst brannte, da nahm er sie in den Mund, saugte genussvoll den

Rauch ein, nahm sie aus dem Mund, um zu kontrollieren, dass alle Elemente in der Spitze gleichmäßig brannten. Und während er diese Zigarre von ganzem Herzen und in vollen Zügen genoss, dachte er weiter.

Also: Die Prozedur würde so ablaufen. Während der Proktologe, so nennt man einen Arzt, der Darmspiegelungen durchführt, sein Koloskop – so heißt das flexible Rohr, dass der Facharzt Ihnen in den Enddarm schiebt – und zur Verdeutlichung, es hat einen Durchmesser von etwa 1 cm und eine Länge von ungefähr 1,3 Metern.

Während er also dieses Rohr hineinschiebt, kontrolliert er die Bewegung auf seinem Kontrollbildschirm.

Und genau da ... ja dort genau, würde sein Vorgesetzter diesem Facharzt als Erstes freundlich entgegenwinken.

Haben Sie schon einmal die Funktion und das Auftreten eines Arschkriechers schöner erklärt bekommen?

Was war passiert?

Er hatte angerufen, weil er die kurzfristige Genehmigung für einen Reiseantrag für Stupps und Beat brauchte. Denn die sollten am nächsten Tag in Köln das Alibi von Charly überprüfen. Charly war zum jetzigen Zeitpunkt ihr Hauptverdächter. Und die Verwaltungsbestimmungen erlaubten ihm, für seine Untergebenen maximal die Kosten für eine Straßenbahnfahrkarte zu genehmigen – wobei er sich nicht erinnern konnte, dass in den ländlichen Teilen der Eifel eine Straßenbahn überhaupt verkehrte.

Er brauchte eine Genehmigung für einen Dienstreiseantrag nach Köln.

Geschätzte Kosten für zwei Hin- und Rückfahrkarten – er hatte im Internet unter www.bahn.de nachgeschaut und die hilfreiche Aussage gefunden, das könne man dort nicht berechnen. So schätzte er die Kosten für beide auf ca. 80 bis 100 Euro. Dann noch mal ein wenig Bewegungskosten in Köln von etwa 50 Euro plus Verpflegungskosten von noch einmal 50 Euro, für beide Personen, für einen ganzen Tag. Also – 200 Euro circa.

Es war ihm nicht möglich gewesen, vorauszusehen, wie schnell sein Vorgesetzter die Dienstanweisungen für Reisekosten hervorholen könnte und dann daraus klar zitierte, dass er Staatseigentum hemmungslos verschleudern würde.

Ja, stimmte. Er hatte vergessen, dass man auch zu Fuß nach Köln kommen, seine private Camping-ausrüstung mitnehmen könnte und dann nur 137 km Fußweg hatte. Bedachte man dann noch einmal, dass der Zuhause fabrizierte Kartoffelsalat mit Würstchen eine Verpflegungspauschale von 12 Euro für beide ergab, hätte man doch ein wirklich gutes Geschäft gemacht.

Der Kommissar wusste, dass sein Vorgesetzter gerade drei Tage zuvor auf einer Landeskonferenz der Verwaltungschefs der Kriminalpolizei gewesen war, wo einer der Hauptpunkte die Einsparung von Budgets im Bereich der Ermittlungskosten war, denn die Ausgaben für den Nürburgring mussten ja doch im Landeshaushalt irgendwie und irgendwo eingespart werden.

Und dazu hatte sich natürlich der Herr Innenminister gegenüber dem Ministerpräsidenten eindrucksvoll verpflichtet. Er wollte ja auch in der nächsten Regierung noch einen Posten mit Dienstwagen und Chauffeur haben.

Wissen Sie jetzt, wer auf dem Kontrollbildschirm des

Proktologen zu sehen sein würde? Als Zweiter, nach dem Vorgesetzten des Hauptkommissars?

… und die Ernährungskosten … würden dort – im Enddarm – kein Problem sein! Jeder Internist kann einen darüber aufklären, wie viele Kalorien unverdaut den Verdauungstrackt wieder verlassen.

Seine Kommunikation würde sich auch nicht richtig verändern, denn schon jetzt hörten sich die Anweisungen übers Telefon sehr – sagen wir mal – eigenartig an. Von den Geräuschen einer unkontrollierten Blähung nur mit dem feinsinnigen Gehör eines Spitzendirigenten zu unterscheiden.

Unterschiede würde man wohl auch zukünftig als fast nicht hörbar empfinden.

Aber …, wo er schon mal bei der Überlegung mit dem Dirigenten angekommen war, er konnte sich seinen Vorgesetzten gut als Instrument vorstellen.

Als Musikinstrument dachte er an eine Geige, eine … Axxxxgeige. Zumindest hätte es sein Mitarbeiter, Beat Petz, so ausgedrückt.

So hatte er nun doch sein seelisches Gleichgewicht wiedergefunden. Er schloss sein Büro ab und fuhr gut gelaunt nach Hause.

6. Tag, Samstag

47

Beat hatte mit Stupps besprochen, dass er sie auf dem Weg zum Bahnhof in Gerolstein zu Hause abholen würde. Auf sein Klingenln machte ihm Stupps' Mutter die Tür auf und bat ihn herein. Sie lud ihn zum Frühstück ein, denn Stupps war – natürlich – noch nicht fertig. Während Stupps also noch im Auswahlstadium für ihr heutiges Outfit war, genoss Beat ein deftiges Frühstück. Auch Stupps' Vater war in der Küche.

Das Frühstück war zu Ende, Stupps war endlich abreisefertig und beide fuhren in Richtung Gerolsteiner Bahnhof.

Währenddessen unterhielten sich Stupps' Eltern in der Küche über den neuen Kollegen ihrer Tochter, der einen ganz guten Eindruck hinterlassen hatte. Höflich, freundlich, ein wenig zurückhaltend, so hatten sie ihn kennengelernt.

„Wann Stupps wohl wieder nach Hause kommt?", fragte der Herr des Hauses seine Frau. „Ob wir sie heute noch sehen, ich weiß es nicht.", fuhr er fort.

Seine Frau erwiderte darauf: „Das ist alles deine lockere Erziehung!".

Dieses freundliche Necken unter Eheleuten, die seit fast 40 Jahren zusammen sind, war an der Tagesordnung und schuf eine Atmosphäre, in der die beiden Mädchen, Chrissi und Stupps, aufgewachsen waren, in der die Wärme einer intakten Familie spürbar war. Ein besseres Umfeld kann man Kindern nicht geben.

Stupps und Beat kamen gerade noch rechtzeitig am

Bahnhof in Gerolstein an, um das Auto auf dem Parkplatz abzustellen und den Zug nach Köln zu erreichen. Die Fahrt dauerte etwas über anderthalb Stunden.

Als sie am Hauptbahnhof in Köln ankamen, hatten sie sich gegenseitig ein wenig mehr aus ihrem Leben erzählt und sie verstanden sich ausgezeichnet.

Es würde also sicherlich ein schöner Tag werden.

48

Schnell war das Bitburger Ermittlerteam am Eingang des Badehaus Babylon, Friesenstraße 23. Es waren ja lediglich 15 Minuten Fußweg vom Hauptbahnhof aus.

Die gestrige Recherche hatte ergeben, wer der Strichjunge war, den sie zu finden hoffen. Sie wissen, dass er Mehmet heißt und Marokkaner ist. Er war das Alibi für Carl Emanuel-Maria Dachser.

Auf ihr Klingeln hin kam freundlicher junger Mann zur Tür, und nachdem beide ihren Dienstausweis gezeigt hatten, bat er Beat herein. Stupps wollte natürlich mit hinein, aber das ging nicht. Mit einem höflichen „Sorry, hier ist nur für Kerls. Mädels dürfen hier nicht rein." verwehrte ihr der Bursche den Eintritt. Auf den verwunderten Blick von Stupps schob er eine Erklärung nach: „Hier ist selbst die Feudelfee, so nennen wir unsere Putze, ein Kerl, aber ein gaaaaanz süßer." Ihr blieb also nichts anderes übrig, als draußen zu warten.

Beat ging mit dem jungen Mann hinein und konnte schnell sein Anliegen vortragen. Er erhielt auch prompt Auskunft. Ja, Charly war hier bekannt. In den letzten Tagen war er zwei Mal hier gewesen. Wann genau, das konnte niemand sagen. Bei der Frage nach dem Strichjungen gab es keine Informationen, aber den Hinweis auf eine Beratungsstelle auf der Pipinstraße in Köln.

Beat rief eine Taxe, die auch schon draußen wartete als er das Badehaus verließ. Zusammen mit Stupps stieg er ein und auf dem kurzen Weg erzählte er Stupps, was er erfahren hatte.

In der Beratungsstelle kannte man den Marokkaner Mehmet und wusste, wo er üblicherweise zu finden war, und zwar in einer Bierkneipe, nicht weit von hier. Das war ja wirklich praktisch, denn es waren von hier aus nur wenige Meter.

Dort trafen ihn die beiden Ermittler wenige Minuten später. Er war leicht zu erkennen gewesen, denn er war hier der Einzige mit ein wenig dunklerer Hautfarbe und einer leuchtend-gelben Hose. Sie wollten mit ihm in lockerer Atmosphäre reden, um es ihm so einfach wie möglich zu machen. Kommissar Beat Petz lud ihn zum Essen ein, wenn man dazu auch in ein anderes Lokal wechseln müsste. Aber Mehmet lehnte ab, sondern trank lieber Vodka-Red Bull. Da kostet jedes Getränk von 0,2 Litern schlappe 6 Euro 50. Beat war noch nicht klar, ob er diese Spesen ersetzt bekommen würde. Nach drei dieser Drinks war Mehmet high und betrunken und ... aussagewillig.

Aber so richtig rausrücken mit Informationen, das wollte er nicht. Also wurde der Kommissar ein wenig deutlicher. Und weil er inzwischen wusste, dass der Junge aus Melilla, einer von zwei spanischen Exklaven an der nordafrikanischen Küste, angrenzend an Marokko, kam, wo natürlich die Hauptsprache spanisch ist, erklärte er es ihm in seiner Muttersprache.

Beat erklärte dem Stricher: „Vamos a sacar y cortar tu mierda hasta te gusta y quieres nada mas" – etwas locker übersetzt: ‚Wir werden Dir jeden Köttel einzeln aus der Futt fragen und danach so oft so klein schneiden, bis es Dir schmeckt und Du nichts Anderes mehr brauchst.' Nun ja, ein Diplomat hätte dies eleganter formulieren können, aber wohl nicht diese direkte Reaktion erhalten.

Man spürte förmlich die steigende Angst des Strichers. Und so dauerte es nicht lange, bis der Erzählfluss des jungen Mannes losging und fast nicht mehr zu stoppen war.

Mehmet erzählte von seinem Treffen mit Carl Emanuel-Maria Dachser im Badehaus Babylon und dem anschließenden Ausflug in die Eifel, mit dem etwas tragischen Ende für ihn.

Wie er vom Bitburger Stausee nach Köln kam? Ein Camper-Ehepaar hatte Mitleid mit ihm und las ihn von der Straße auf. Als Kölner waren sie tolerant und so machte es ihnen nichts aus, ihn mitzunehmen, denn er war ja sauber und ordentlich, einfach nur ein wenig sonderlich gekleidet.

Somit hatte Charly ein bestätigtes Alibi!

49

Vom Lokal, in dem sie Mehmet getroffen hatten, waren es nur ca. 350 Meter bis zu den Boutiquen in der Ehrenstraße. Wo sie schon mal in Köln waren, wollte natürlich Stupps dorthin. Nach einigen vergeblichen Boutiquebesuchen hatte sie jedoch Glück und erwarb ein Paar Westernstiefel – diesmal mit „Hello Kity"-Motiv. Ohne weitere Zwischenfälle – oder sollen wir von Einkaufsunfällen sprechen – wurde danach der nächste Punkt auf der Köln-Liste angesteuert. Es war schönes Wetter und so gingen Sie gemütlich zum Bahnhof zurück.

Nun, da der dienstliche Teil ihres Kölnaufenthalts erledigt war, hatten Sie ein wenig Zeit für den Besuch des Schokoladenmuseums im Stadthafen. Sie fuhren mit dem Bus der Linie 133 vom Breslauer Platz, dem großen Busbahnhof hinter dem Kölner Haupptbahnhof die zwei Haltestellen. Die Haltestelle hieß Schokoladenmuseum, sodass auch Touristen kein Problem hatten, hier auszusteigen.

Es war schon ein wenig spät, sodass sie sich beeilen mussten. Stupps war ganz begeistert vom Schokobrunnen, wo man Kekse und Waffeln direkt unter den Strom von flüssiger Schokolade halten kann und das Ergebnis auch gleich vor Ort genießen kann. Eigentlich hätte sie hier bleiben können, auch wenn dies entsprechende höllische Ergebnisse auf ihrer Waage hervorbringen würde.

Nur mühsam konnte Beat sie überzeugen, dass sie einfach ein anderes Mal wiederkommen sollten, mit mehr Zeit.

Er, Beat, dagegen war besonders angetan von den vielen Schokoladenautomaten, die hier gesammelt worden waren und ausgestellt wurden. Neben ‚normalen' Verkaufsautomaten gab es viele Sonderkreationen, die die besondere Aufmerksamkeit der Käufer auf sich ziehen sollten. Angefangen von dem nickenden Sarottimohr, der auf einem Automaten saß bis hin zum Kettenkarussel, das sich bei näherem Hinsehen als Verkaufsautomat herausstellt. Hunderte von Ideen – einfach faszinierend.

Vom Museum aus ging die Fahrt zur Hohenzollernbrücke. Dort haben inzwischen Tausende von Paaren ein Vorhängeschloss am Geländer der Brücke befestigt und den Schlüssel in den Rhein geworfen als Zeichen für die Ewigkeit ihrer Liebe. Eigentlich mehr ein Spaß, denn für sie kam das ja noch gar nicht infrage. Stupps war tief beeindruckt von der riesigen Menge der Schlösser, die da alle am Brückenzaun hingen.

Ein wenig beeindruckt war sie auch von Beat, der ihr das alles hier zeigte, aber das musste sie ihm ja nicht sagen.

Anschließend fuhren sie mit der KVB-Linie 16 bis zum Barbarossaplatz und gingen noch die letzten paar Hundert Meter zur Brauerei Heller auf der Roonstr. 33 in Köln – weil es dort HELLERS ALT gibt.

Alt in der Kölsch-Hauptstadt! Eigentlich undenkbar, aber diesen Tipp hatte er von einem Kollegen bekommen, der öfter in Köln war.

Gutes, richtiges Altbier, das hatte sich der Kommissar so sehr gewünscht. Das war sein Lieblingsgetränk, als er noch in Düsseldorf tätig war. Jetzt, da er in der Eifel arbeitete, vermisste er diesen Geschmack von gutem, süffigen Bier mit einer Malznote sehr. Das Bier in der Eifel war nicht schlecht, aber sein Altbier ... Ihm lief das Wasser im Munde zusammen, wenn er sich vorstellte, dass er in wenigen Augenblicken ...

Nur wenige Minuten nach der Ankunft hatten Sie dort ein leckeres, frisch gebrautes Altbier vor sich und bestellten einen „Halven Hahn" – so nennt man diese Kölner Spezialität aus Röggelchen (halbes Brötchen) mit Butter und ein bis zwei dicken Scheiben mittelalten Goudakäse, evtl. mit Gürkchen und Senf, einige servieren ihn auch mit Zwiebelringen und einer Prise Paprikapulver.

Danach bestellten beide Grillhaxe in Hellers Biersoße mit Bratkartoffeln und Krautsalat. Das war doch ein wenig üppig, denn Halver Hahn plus Grillhaxe, das kann man nicht einfach mal so verputzen. Kaum hatten sie die Hälfte vertilgt, als beide erschöpft und mit Bedauern das Besteck endgültig hinlegten. Aber das Essen war so lecker gewesen, dass sie es nicht bereuten, auch wenn etwas mehr als geplant auf dem Teller blieb.

Zum Abschluss dieses Festmahls mit Altbier wurde noch eine 0,5-Liter-Flasche „Hellers Kallendresser" als Mitbringsel gekauft. Das ist ein spezieller Likör aus der Brauerei Heller.

„Mmmmh, lecker", sagte die Bedie-nung, die Ihnen das Fläschchen brachte. „Da werden se noch oft an uns denken. Un wenn et Fläschken leer ist, kommen se wieder und holen sich en neues."

Danach ging es zurück zum Kölner Hauptbahnhof. Der kleine Fußweg zur Haltestelle tat wohl nach diesem üppigen Festmahl.

Dann waren sie auf der Rückfahrt in die Eifel, wieder mit der Bahn nach Gerolstein, der Rest des Weges in Beats Auto. Es gab für beide nur ein Ziel, und das war nicht das Elternhaus von Stupps.

Auf der Rückfahrt nahm Stupps ihr Handy und rief an, um ihren Eltern mitzuteilen, dass sie heute nicht Zuhause übernachten würde. Wo sie dies tun würde, sagte sie nicht. Es beruhigte aber ihre Mutter sehr, denn die wusste, dass nichts Schlimmes passieren würde, aber freute sich darüber, dass ihre Tochter Bescheid gegeben hatte.

Mütter sind ja immer ein wenig unruhig, wenn die Kinder aus dem Haus sind.

7. Tag, Sonntag
50

Meiiin Gott, was war das ein großes Teil, was vor ihr lag. Nein, eigentlich stand. Niemals zuvor war ihr dieses etwas gewöhnliche Wort aus der Umgangssprache, das mit P anfing, über die Lippen gekommen.

Menschliches Hartholz. Das fühlte sich so an, als Stupps in der letzen Nacht Ihre Hände beim Einschlafen um Beat schlang. Sie waren gerade dabei, in Löffelchenstellung einzuschlafen. Niemals zuvor war ihr dieser Gedanke gekommen, und noch weniger hätte Sie darüber sprechen können ... aber:

Das fühlte sie, das war es, was sie vor sich hatte. Einen richtig dicker PIxxEL! Und dahinter – einen echten Kerl. Und jetzt lag es (ja es war ja ein Ding, daher der Artikel „es") vor ihr: FLEISCHESLUST! Nix anderes – aber auch nur das!!!!

Na, ja, jetzt wollen wir mal nicht die Gedanken Amok laufen lassen, aber ... Was würden Sie denn in dieser Situa-tion machen?

Anmerkung 1 des Autors: Au, Miiissst ... wir haben diese Situation ja noch gar nicht richtig beschrieben, und Sie ... Sie sind schon stark erregt, Sie Ferkel! Ich bewundere Sie wegen Ihrer Fantasie, aber jetzt wird es ernst. Das muss nicht beschrieben werden. Das kann sich jeder selbst vorstellen!

Anmerkung 2 des Autors: Unverschämt? Die vorige Anmerkung? NEIN!!! Denn es gibt eine 100%-Geld-zurück-Garantie für Leserinnen über 95 Jahre, die eine notariell beglaubigte Bescheinigung beider Eltern beilegen, dass ihr Kind für den künftigen Lebensweg Beeinträchtigungen zu befürchten hätte. Näheres dazu finden Sie im Blog unter www.MordinBitburg.de.

Morgens roch es im Schlafzimmer nach Sambia. Salzig, warm und entspannt. Wie bei Löwen schlafen und sich sonnen. Ja, es war irrsinnig, trotzdem kuschelig, denn auch Löwenmuttis können Emotionen haben. So kann Fantasie es dem Menschen vorspielen.

Stupps wachte mit diesem Gefühl absoluter Zufriedenheit und Wohligkeit auf. Sie hatte nicht lange geschlafen, denn es war noch spät geworden, ehe zunächst Beat, schnell danach aber auch sie eingeschlafen war. Bei der Rückkehr aus Köln hatten beide beschlossen, den Rest der Nacht bei Beat zu verbringen. Genau die richtige Entscheidung!

Es war noch eine seeeehr schöne Nacht geworden. Kuscheln, necken und lieben hatten sich abgewechselt und so in Stupps das Gefühl von Wärme und Geborgenheit aufkommen lassen. Hier war sie richtig! Das fühlte sie. Die flotten Sprüche des Kommissars waren wie weggewischt, jedenfalls meistens. Sie fühlte sich angekommen! Er war der richtige Kerl für sie. Und sie hoffte, er empfand dasselbe für sie.

Wilde Küsse, alle erotischen Zonen auf vollen Empfang gestellt, so begann der neue Tag für Stupps und Beat. Es würde ein schöner Sonntag werden! Ihr Ersatz-T-Shirt, das sie rein vorsichtshalber in der großen Handtasche hatte, blieb dort unbenutzt. Bis Montag morgen.

Dann zog sie es an, um in die Bitburger Polizeiinspektion zu fahren. Der Aufdruck „We don't call 911. Wir verprügeln Täter selbst." würde wohl für einige Diskussionen sorgen.

51

Kuh-Lotto fiel am heutigen Sonntag aus. Denn der Veranstalter, Alfons Strudel, war tot.

So standen denn am Nachmittag um 14 Uhr einige Leute, die das noch nicht mitbekommen hatten, an der üblichen Wiese und fragten sich, was denn wohl los sein könnte. Die Wiese war nicht vorbereitet, es warteten keine Kühe, aber ... der Bierwagen war da.

Ein Mitglied der Freiwilligen Feuerwehr hatte blitzschnell begriffen, dass dieses Ereignis nicht durch den Tod des Braumeisters beendet sein sollte, sondern dass man einfach weitermachen könnte. Der Sportverein und die Freiwillige Feuerwehr. Die Geldquelle war zu schön, um sie versiegen zu lassen. Außerdem machte es viel Spaß.

Während er das Bier für durstige Gäste zapfte oder Wasser und Saft für andere ausschenkte, reichte sein Kollege Listen herum, in die sich die Besucher eintragen konnten, damit man sie über den nächsten Kuh-Lotto-Termin per E-Mail informieren könnte.

So wurde sichergestellt, dass Kuh-Lotto eine Zukunft haben würde und vielleicht einmal ebenso berühmt werden würde wie die Schönecker Eierlage.

Was das ist?

Schönecken ist ein Ort zwischen Bitburg und Prüm, nur 9 km von Burbach entfernt. Dort gibt es seit 300 Jahren eine Tradition:

Zwei Junggesellen treten gegeneinander an. Der eine ist der Raffer, der 104 rohe Eier, die im Abstand von einer Elle, das sind 62,5 cm, ausgelegt sind, aufnehmen und in einen Sammelkorb ablegen muss.

Sein Gegner läuft in dieser Zeit in den Nachbarort Seiwerath, der 7,4 km entfernt ist und 122 Meter höher liegt. Dort wird ihm die Ankunft bestätigt und er rennt nach Schönecken zurück. Ziel ist der Sammelkorb. Den muss er erreichen, bevor sein Gegenspieler alle 104 Eier dort abgelegt hat.

Sonst hat der Raffer gewonnen.

Diese Veranstaltung findet einmal im Jahr, am Ostermontag, statt.

52

Kuh-Lotto wie geht das eigentlich? Das fragt der eine oder andere.

Es ist ganz einfach! Eine Wiese wird in 9 Felder, jeweils 2 x 2 Meter groß eingeteilt. 3 Felder längs, 3 Felder quer. Hier in der Eifel hatte Alfons den Sportverein dazu bekommen, dass man die Feldbegrenzungen mit dem Spielfeldmarkierer für das Fußballfeld aufbringen konnte, jeweils sonntagmorgens. Dann wurde noch kurz die Zahl des Feldes – von 1 bis 9 mit Pinsel und Kalkfarbe aufgemalt. So groß, dass sie von überall deutlich sichtbar war.

Dann wurden kurz vor 14 Uhr, die Kühe auf die Wiese gebracht. Jeder Besucher konnte sich die Kühe ansehen, auch um abzuschätzen, welches Tier denn seine Favoritin sein würde. Und zu versuchen, die Gewinnerin schon vorher abzuschätzen.

Danach wurden am kleinen Tisch, der neben dem Getränkewagen aufgebaut war, die Wette platziert. Es gab die einfachen Wetten, bei denen darum gewettet wurde, welche Felder denn von den Kühen mit ihren Fladen „beglückt" würden. 6 Felder wurden gewählt. War der Kuhdung über zwei Felder verteilt, so entschied der Schiedsrichter – natürlich Alfons – in welchem Feld der größere Teil des Fladens war. Das war dann das Siegerfeld.

Es gab noch eine weitere Variante: die Profi-Variante. Hier musste gewettet werden, in welcher Reihenfolge die einzelnen Feld-Nummern zugeschixxen wurden und von welcher Kuh. Also erstens Feld Nr. 4 von Kuh Selma, Feld Nr. 7 von Kuh Dorothee. Hier waren die Gewinnchancen besonders groß. Neben dem Geldgewinn gab es hier noch einen Sonderpreis zu gewinnen, wie z. B. eine Flasche des Mirabellenbrands vom Schwarzbrenner.

Die einfache Wette kostete 1 Euro und 1 Flasche Bier – natürlich aus der Brauerei von Alfons Strudel, die man praktischerweise gleich am Getränkewagen kaufen konnte. Unter den Gewinnern wurde die Hälfte der Einsätze wieder ausgezahlt. Der Rest ging an den jeweiligen Verein, Freiwillige Feuerwehr oder Sportverein, jeweils der Verein, der an diesem speziellen Wochenende das Kuh-Lotto betreute.

Bei der Profi-Variante kostete der Wetteinsatz ebenfalls 1 Euro, aber 3 Flaschen Bier. Auch hier wurde wieder die Hälfte der Einsätze ausgeschüttet, nur hier bekam der erste Sieger 50 % aller Ausschüttungen, der zweite 35 %, und der dritte immer noch 15 %.

Ein hohes Risiko, aber der Nervenkitzel war ansteckend, so-dass manch ein Familienvater dort das Taschengeld für den größten Teil der kommenden Woche ließ.

53

Auch Bernd hatte sich vorgenommen, ein ruhiges Wochenende zu verbringen. Es lief ein wenig anders ab als geplant.

Zum Abendessen am Samstag lud er eine Freundin ein, die er vor einigen Wochen kennengelernt hatte. Und natürlich hatte er gekocht. Er liebte sein Zuhause und war kein Feierbiest, wie sich einmal ein niederländischer Trainer genannt hatte, der versuchte, aus bayerischen Fußballprimadonnen eine Mannschaft zu formen. Also hatte er in Ruhe am Vormittag – wieder einmal im Fleischmarkt Billen, aber auch in Bitburg eingekauft und ein leckeres Abendessen zubereitet. Ein Wirsing-Basilikum-Süppchen mit Sahnehäubchen, danach sollte es Eifeler Spießbraten mit Stampfkartoffeln und Spitzkohlgemüse geben und als Abschluss einfach nur eine Crema Catalana. Er probierte diesmal, den Spießbraten im Niedrigtemperaturgaren zu machen. Das war wirklich ausgezeichnet, dauerte aber ein wenig. (Das Rezept finden Sie im Blog www.MordinBitburg.de)

Soweit war alles harmonisch verlaufen. Beide hatten noch ein wenig Wein genossen und beschlossen, den Abend früh zu beenden.

Vor dem Zubettgehen genehmigte er sich noch eine seiner geliebten Zigarren. Diesmal war es eine Cohiba, Sorte Linea 1492. Mit ihrem mittelkräftigen Geschmack, die 1992, zum 500. Jahrestag der langen und abenteuerlichen Entdeckungsreise von Columbus auf den Markt gekommen war. So ging er, wohlig entspannt und zufrieden ins Bett. Kurz darauf kuschelte sich auch seine Freundin an ihn.

Als er am nächsten Morgen von seiner Freundin, kurz nach dem Aufwachen gefragt wurde: „Liebst Du mich?", traf ihn dies völlig unvorbereitet. Mit dieser Fangfrage hatte er nun gar nicht gerechnet.

„Oooopss, ummm rhhhh. JA, soll das hier ein Quiz werden oder warum fragst Du?" murmelte er noch richtig schlaftrunken.

Na, ja. So ‚eine Fangfrage hatte er zuletzt von seiner zweiten Freundin gehört, kurz bevor sie sich entschlossen hatte, sich aufgrund seiner Antwort von ihm zu trennen.

Instinktiv begriff er, dass diese Beziehung nicht mehr lange dauern würde. Kurze Zeit später verließ sie das Haus, ohne mit ihm gefrühstückt zu haben.

54

‚Na, großartig', dachte Bernd, schnappte sich das Telefon und reservierte eine Abschlagzeit auf dem Golfplatz. Das war ein wenig schwierig, denn der Platz war an diesem Sonntag so gut wie ausgebucht. Trotzdem gelang es dem Team, noch einen Termin für 14 Uhr für ihn zu reservieren. Irgendwie fand man dort immer eine Möglichkeit, um zu helfen.

Von Anfang an hatte Joseph Lietzen seinem Team diese hohe Service-Qualität vorgelebt und immer wieder allen eingebläut. Jeder war daran orientiert, und nur so hatte man es so weit gebracht, dass selbst Staatssekretäre aus den verbliebenen Bonner Ministerien neben Ärzten und Unternehmern hier gern spielten, aber völlig ohne Berührungsängste mit dem örtlichen Briefträger oder Polizisten im selben Flight spielten.

Flight, das ist eine Gruppe von bis zu vier Golfspielern, die als Gruppe gemeinsam spielen, jedoch jeder unabhängig und für sich. Derjenige, der die wenigsten Schläge am Ende der Runde hat, hat gewonnen.

Für 14 Uhr war der Flight von Bernd angesetzt. Ebenfalls dazu gehörte ein Geschäftsmann aus dem nahen Schönecken, ein Arzt aus Bitburg, der eigentlich übers Wochenende Bereitschaftsdienst hatte, und sich vorab schon entschuldigte, dass er eventuell bei einem Notfall vor Ende des Golfspiels weg müsste. Der vierte in der Gruppe war ein Betriebsleiter einer Textilfabrik aus Waxweiler. Dieser Ort ist auch nur ein paar Kilometer von Burbach entfernt.

Das Golfspiel machte Spaß, obwohl Bernd – wie immer – derjenige war, der die meisten Schläge bis zum Einlochen brauchte. Aber das war ja allgemein bekannt.

Da klingelte das Telefon des Arztes. Er hörte kurz zu, sagte dann ins Telefon: „Ja, gut. Ich komme, es wird aber etwas dauern, weil ich hier zur Zeit noch mit einem relativ schwierigen Fall befasst bin." Dann legte er auf. Das anschließend folgende Gelächter garantierte, dass diese Begebenheit noch oft erzählt werden würde, wenn man nach dem Golfspiel im Restaurant sitzen würde.

Kaum war diese Episode vorbei, da erinnerte sich einer der Spieler an ein anderes Vorkommnis, über das man sehr lange gelacht hatte.

Ein Golfer dieses Clubs hatte einmal während des Spiels einen Herzinfarkt. Schnell war man mit dem Defibrillator da, der vom Golfplatzbesitzer für viel Geld angeschafft worden war und es wurden Wiederbelebungsmaßnahmen eingeleitet. Inzwischen war auch der Rettungshubschrauber benachrichtigt und nur wenige Minuten später wollte dieser landen. Die Mitglieder konnten jedoch verhindern, dass er wie geplant, das Putting Green als Landefläche nahm. Das hätte für monatelange Reparaturarbeiten dort gesorgt. Sie stellten sich einfach darauf und wiesen den Piloten an, er solle auf dem Parkplatz landen.

Es blieb nichts anderes übrig als zum Parkplatz zu fliegen, und da es ein heißer, trockener Sommertag war, wurde ordentlich Staub aufgewirbelt. Anschließend hatte jedes Auto, natürlich auch die offen geparkten Cabrios, eine mindestens 1 cm dicke Staubschicht. Aber das Ziel war erreicht, ein unbeschädigtes Grün.

Ja, fast vergessen: Der Patient wurde natürlich sicher ins Krankenhaus nach Wittlich geflogen und gerettet.

55

Auf dem Weg vom Golfplatz nach Hause klingelte Bernds Telefon. Der Klingelton ‚Da simmer dabei, dat is pri-i-ma ...' von den Höhnern ertönte.

Am Telefon war Margret, seine Vermieterin, die ihn zum Abendessen einlud und fragte, wann er denn kommen würde. Es passte gut, dass er direkt auf dem Weg war, sodass er nach einer schnellen Dusche in einer halben Stunde dort sein konnte.

Er freute sich auf diesen Abend, denn Margret Neuss war eine sehr gute Gastgeberin. Nicht nur, dass es immer etwas besonders Gutes zu Essen und zu Trinken gab, sondern auch die nette, freundliche Art, mit der Margret ihre Umgebung behandelte, waren sehr angenehm. Ein starker Kontrast zu den manchmal schwierigen Umgangsformen in seinem alltäglichen Berufsleben.

„Hotel Margret", so hatte Bernd einmal die großzügige, großherzige Bewirtungsart von Margret bezeichnet. Er erinnerte sich an Mittag- oder Abendessen, da hatte der Tisch sich fast gebogen vor Wildschwein- und Hasenbraten, Rotkohl, Rosenkohl, Kartoffelknödeln, Petersilienkartoffeln und vielen leckeren Sachen mehr. Und dann kam zum Schluss auch noch ein Nachtisch, wie zum Beispiel eine Herrencreme. Unglaublich.

Aber, und so kam der nächste Gedanke. Margret und er waren auch viele Male zu Freunden von ihr gefah-ren, um dort sonntagnachmittags Skat zu spielen. Seit über 50 Jahren gab es eine tiefe Freundschaft zwi-schen den drei Frauen, Margret, Maria und Lisbeth, der Schwester von Maria, die sich sehr liebevoll um Marias Haushalt kümmerte, aber mal eben nebenbei auch noch viele Hundert Quadratmeter Obst- und Gemüsegarten direkt vor dem Haus bearbeitete. Ihre Hände ruhig lassen, das konnte sie fast nicht. „Ach, ich geh' noch mal eben ein paar Erbsen sähen", waren so kleine Bemerkungen, die fielen, wenn jeder andere sich erschöpft in den Sessel hätte fallen lassen.

Wie gesagt, die ‚drei Mädels' trafen sich regelmäßig, 2- bis 3-mal pro Woche, spielten Skat zusammen oder unternahmen sonst etwas, wie zum Beispiel Ausflüge mit dem Auto nach Trier, Wittlich usw.

Wenn beim Skat Maria einmal verlor, sank ihre Laune weit unter den Nullpunkt. Hatte sich das beim anschließenden Abendessen nicht gebessert, mahnte ihre Schwester: „Stell Dich nit so aaan, dat passiert doch jedem mal." Das wirkte, und der Rest des Abends verlief schön und harmonisch.

Wie gesagt, bei dem Gedanken an Lisbeth war „There must be an Angel" nicht abwegig.

Mit solchen Leuten umzugehen hatte Bernd schnell geholfen, in der Eifel seine Heimat zu finden.

Bernd fuhr schnell nach Hause, duschte sich und ging eine Treppe hoch zu seiner Vermieterin. Wie vermutet, wurde es ein schöner, harmonischer Abend und als er sich um 11 Uhr wieder nach unten, in seine Wohnung, begab, ließ er diesen Abend mit einer guten Cohiba Zigarre ausklingen.

Diese Zigarre hatte ihm Thomas Vogt besonders empfohlen. Es handelte sich um eine Linea Maduro von Cohiba, deren fermentierte Deckblätter mindestens fünf Jahre lang im Ballen reifen. Der Tabakballen wird in Blätter der Königspalme verpackt, sodass außerordentliche Aromen entwickelt werden.

Er hatte den ‚Tabakhändler seines Vertrauens', Thomas Vogt, bei einer Vorführung des Zigarrenrollens kennengelernt. Eine Kubanerin war dafür extra aus Kuba eingeflogen worden und drehte an einem kleinen Extratisch binnen weniger Minuten Zigarre für Zigarre.

Sie legte Blatt an Blatt und dann nahm sie die Puppe, das ist der Zigarrenkörper, aus der Presse und wickelte die Deckblätter drumherum.

In Kuba wird dies in Manufakturen getan und noch immer sitzt vorne am Pult ein Vorleser, der den Zigarrenwicklerinnen etwas vorliest. Zum Beispiel aus der Tageszeitung, aber auch ganze Bücher. So kam die Romeo y Julieta zu dem Namen, weil der Vorleser das Stück von Shakespeare vorlas und die Arbeiterinnen es immer so gern hörten.

Zufrieden ging Bernd ins Bett. Nach dem etwas verunglückten Tagesbeginn war es ein wunderschöner Tag geworden.

8. Tag, Montag

56

Während Stupps und Beat sich über das Wochenende etwas näher kamen, fuhr Bernd Montagmorgen um 7 Uhr erneut zu Annerose-Maria Toretti, denn er wollte sie ja noch vor Schulbeginn zu Hause antreffen.

Es war aber nicht sein erster Termin heute, denn er hatte schon seeeeeehr früh mit Joseh Lietzen am Abschlag 14 gestanden.

Ein Ausblick von dort – im Paradies konnte es nicht viel schöner sein. Sie hatten dann ein wenig Golf gespielt. Während Joseph einen Traumabschlag hinlegte und mit wenigen Schlägen einlochte, brauchte Bernd drei Schläge mehr. Golf, das liebte er, aber er war einfach nicht gut darin. Trotzdem, es machte Spaß und die Luft an diesem Morgen war herrlich. Richtig schöne, frische Eifelluft. Dazu der Duft des frisch gemähten Golfplatzes. Ein wirklicher Genuss. So könnte jede Woche anfangen, dachte Bernd.

Aber zurück zu Annerose. Sie hatte ein kleines Häuschen von ihrer Mutter geerbt, ein wenig weg vom Stadtkern in Bitburg. Es lag in Richtung des Bitburger Bahnhofs, der etwas außerhalb im Stadtteil Erdorf liegt.

Auf dem Weg dorthin, kurz hinter Bitburg, sah er auf der rechten Seite einen großen Bauernhof mit drei riesigen Tanks zur Erzeugung von Bio-Wärme. Etwas gehässig hätte man sagen können, hier macht schon wieder jemand aus Scheixxe Gold.

Fröhlich, aber etwas überrascht öffnete die Lehrerin dem Hauptkommissar die Tür und ließ ihn eintreten. Nachdem beide einen Schluck von ihrem frischgebrautem Kaffee getrunken hatten, gestand Bernd, dass sie mit den Ermittlungen nach einer Woche immer noch nicht viel weitergekommen waren und dass er aus diesem Grund noch mal am Anfang beginnen wollte.

„Können Sie mir noch mal erzählen, wann Sie Alfons das letzte Mal gesehen haben und wie er sich dort verhalten hat? Vielleicht ist Ihnen in der Zwischenzeit noch etwas eingefallen, was uns bei unseren Ermittlungen helfen könnte, schließlich müssten Sie als seine Freundin ihn am Besten gekannt haben."

Bernds Ver-such, mit diesem Kompliment mehr über die Beziehung zwischen Annerose und Alfons zu erfahren, war vielleicht nicht sehr geschickt, aber er wusste nicht, wie er es sonst anfangen sollte. Sein Bauchgefühl sagte ihm, dass es hier noch etwas zu erzählen gab und dass er noch lange nicht mit dieser interessanten Frau am Ende war.

Nach einem kurzen Blick auf die Uhr antworte Annerose „Sie wollen bestimmt auf den Streit hinaus, den ich im Revier erwähnt hatte. Es geht Sie zwar nichts an, Herr Hauptkommissar, aber ich werde versuchen, Ihnen bei den Ermittlungen so gut es geht zu helfen. Alfons hatte eine Affäre. Deswegen haben wir uns gestritten."

Das erschien ihm überaus logisch, da er von Alfons Strudels Frauengeschichten im Laufe der Ermittlungen gehört hatte. „Können Sie mir den Namen dieser Frau nennen?"

Annerose holte tief Luft, eine sehr theatralische Geste, wie Bernd fand. „Natürlich kenne ich ihren Namen, sie war meine beste Freundin. Es ist Anna-Lena Merz. Sie selbst hat mir die Affäre gebeichtet."

Nachdem sie noch kurz ein paar weitere Einzelheiten zu dieser Affäre besprachen, verabschiedete sich Bernd und dankte Annerose für ihre Ehrlichkeit. Er versprach, sie auf dem Laufenden zu halten. Auf dem Weg zum Auto schüttelte er den Kopf und ärgerte sich im Geheimen über diese Verzögerung.

Wenn Annerose ihren Stolz bereits vor einer Woche über Bord geworfen hätte, wäre der Mord vielleicht jetzt schon aufgeklärt ...

57

Bernd rief im Präsidium an und bekam von Stupps die Adresse von Anna-Lena Merz. Direkt von Annerose fuhr er zu der Affäre Alfons', um sie vorzuladen.

Er traf die Verdächtige zu Hause an, sie häkelte an einer Babysocke, wie es schien. Problemlos ließ sie sich, ohne viel zu reden, oder gar Fragen zu stellen von Bernd mitnehmen und ins Kommissariat fahren. Bernd spürte, dass sie der Aufklärung des Falles sehr nahe waren.

Bereits nach der ersten Frage Beats im Präsidium brach Anna-Lena in Tränen aus. „Sie haben mich erwischt. Ich war's, ich hab ihn getötet. Ich habe meinen geliebten Alfons umgebracht!" Beat, Stupps und Bernd warfen sich einen Blick zu. Sollte es so einfach sein?

„Ich habe ihn mit einem Messer erstochen, ich habe wie wild auf ihn eingestochen, auf diesen Schweinehund, den ich geliebt habe ... den ich noch immer liebe."

Bernd seufzte, ihm wurde klar, dass sie zwar diejenige gefunden hatten, die Alfons die Messerstiche zugefügt hatte, sie war allerdings nicht die Mörderin. Der Pathologe hatte eindeutig festgestellt, dass die Messerstiche nicht die Todesursache waren.

„Aus welchem Grund haben Sie auf Alfons eingestochen?", fragte Bernd und reichte Anna-Lena ein Taschentuch, damit sich diese die triefende Nase putzen konnte.

„Am Sonntagabend rief mich Alfons aus seinem Auto an. Er bat mich, zu ihm zu kommen, da er einsam war und nicht alleine schlafen wollte. Ich fand das richtig süß von ihm. Das traf sich richtig gut, denn ich hatte ihm etwas Wichtiges zu erzählen und fuhr deswegen so schnell wie der Wind zu ihm."

Beat wollte gerade zu einem Spruch ansetzen, als Stupps ihn in Rippen stieß. Sie wollte die Auflösung des Falles so schnell als möglich hinter sich bringen.

Wenn sie es schafften, den Fall bereits am Vormittag abzuschließen, würde Bernd ihnen vielleicht frei geben und sie könnte sich wieder mit Beat in sein Bett verziehen.

„Ich kam jedoch am Abend nicht dazu, ihm die frohe Botschaft zu erzählen, da wir ..." Hier wurde Anna-Lena knallrot und schaute verschämt auf ihre Fußspitzen.

„Welche frohe Botschaft, Frau Merz?", frage Bernd, um diese für Anna-Lena unangenehme Situation etwas abzumildern.

„Ich bin schwanger! Alfons und ich bekommen ein Baby!", sagte sie freudestrahlend. Als ihr jedoch einfiel, dass nur sie das Baby bekommen würde und Alfons sein Kind nie zu Gesicht bekommen würde, fing sie wieder an, hysterisch zu weinen.

Nachdem zwei Packungen Taschentücher verbraucht waren, sprach sie endlich weiter. „Als ich am Montagmorgen aufwachte, war Alfons nicht mehr in seinem Bett.

Ich wusste aber, dass er immer sehr früh zum Golfplatz fuhr, um dort zu spielen. Montag ist da immer der Ruhetag beim Golf, müssen sie wissen. Also fuhr ich ihm hinterher.

Als ich dort ankam und ihm von meiner Schwangerschaft berichtete, war er jedoch alles andere als begeistert. Er hat mir sogar angeboten, die Abtreibung zu bezahlen. Können Sie sich das vorstellen? Eine Abtreibung kam für mich gar nicht in Frage. Er hat noch andere sehr unschöne Dinge gesagt und da ist es wohl mit mir durchgegangen. Ich habe das Messer aus meiner Handtasche geholt und so fest ich konnte auf ihn eingestochen.

Als ich das viele Blut sah und mir bewusst wurde, was ich getan hatte, wollte ich den Krankenwagen rufen, aber Alfons war bereits ohnmächtig und ich hatte Angst um mein Baby. Ich wollte es auf gar keinen Fall im Gefängnis bekommen. Also lief ich einfach weg."

Hier kam wieder eine neue Packung Taschentücher zum Einsatz. Nachdem ein weiterer Weinkrampf überstanden war, erzählte Anna-Lena auf Nachfrage, dass sie das Messer in ihrer Tasche hatte, weil sie es Alfons bei einem Grillabend geliehen hatte und dieses nun wieder mit nach Hause nehmen wollte. Es fehlte ihr dort beim Kochen. Nun war also klar, warum man bei Alfons kein fehlendes Messer gefunden hatte.

Bernd ließ Anna-Lena so lange im Unklaren, bis er sich halbwegs sicher sein konnte, dass sie ihnen alles erzählt hatte. Erst danach erklärte er der nicht mehr weinenenden Anna-Lena, dass die Messerstiche, die sie Alfons zugefügt hatte, nicht die Todesursache waren, denn weder waren die Wunden tief genug, noch war der Blutverlust lebensgefährlich. Die Bewusstlosigkeit und der Tod Alfons hatte laut dem Pathologen nichts mit den Messerstichen zu tun.

Erleichtert wollte Anna-Lena dem Hauptkommissar um den Hals fallen. Doch stattdessen wurden ihre

Fingerabdrücke von Beat abgenommen und mit denen verglichen, die auf dem Messer gefunden wurden. SIe waren identisch. Doch damit waren sie dem Mörder immer noch nicht näher als vor der Vernehmung ...

58

Am selben Abend saß Thomas, der Pathologe, mit einem Glas Wein und einem Buch auf seinem Ledersofa, als sein Handy klingelte. Erfreut stellte er fest, dass es sein Freund und Studienkollege Dinesh Patel war. Beide hatten sich in den ersten Semestern an der Harvard Medical School ein Zimmer auf dem Campus geteilt.

Auch nach dem Studium sind sie in Kontakt geblieben und sie sprachen in regelmäßigen Abständen miteinander. Das letzte Telefonat lag vier Monate zurück.

Beide hatten ihren ph.d., so bezeichnet man in den USA einen Doktorgrad, mit summa cum laude als die zwei Jahrgangsbesten abgeschlossen und schon während des Studiums ein Jobangebot von einer staatlichen Behörde bekommen.

Sie sollten an einem Sonderforschungsprojekt in biologischer Kriegsführung mitwirken und dieses durch ihn Wissen unterstützen. Mit einem kleinen Team hoch spezialisierter Forscher wurden Pflanzen mit hohem Verbreitungsgrad aber möglichst unauffälligen Spuren bei der Wirkung von Giften gesucht und gefunden. Auch nach dem Studium arbeiteten beide bei der Regierung weiter, bis Thomas zurück in die Eifel kam.

Bei diesem Anruf ging es jedoch nicht um die Vergangenheit, sondern die Zukunft. Dinesh teilte Thomas mit, dass er zum zweiten Mal Vater einer gesunden Tochter geworden war. Thomas gratulierte erfreut und fragte seinen ehemaligen Arbeitskollegen und Freund, ob er plane, eine Mädchenfußballmannschaft oder gar eine eigene Cheerleader-Mannschaft oder ein familieneigenes Musicalensemble anzuschaffen.

Nachdem diese Witze hin und her gingen, kamen die gewohnten Fragen nach dem Befinden und den eigenen Tätigkeiten.

Dinesh, der indischstämmige Amerikaner, war immer noch für die Regierung tätig und seine Projekte waren so geheim, dass er sich diese fast selbst nicht erzählen konnte, die jedoch eine neue Kriegsführung gegen die IS ermöglichen sollte, und das mit biologischen Waffen.

Thomas erzählte kurz von seinem ersten Fall in der Eifel und seiner Verstimmtheit, da es scheinbar keine Hinweise für den Tod des Opfers gab.

Der Herzinfarkt war seiner Meinung nach trotz des Lebensstils des Opfers zu früh und unerwartet eingetreten und auch die erhöhten Leukozyten waren zu unspezifische Werte, um die genaue Todesursache zu erfahren. Er kommt einfach nicht weiter und er ärgerte sich sehr über die fehlende Lösung.

Da Dinesh von seiner Frau gerufen wurde, konnten sie das Gespräch nicht mehr weiterführen und sie verabschiedeten sich mit einem gegenseitigen „Take care and see you soon!" (Pass auf dich auf und bis bald) voneinander.

59

Drei Uhr nachts.

Thomas saß kerzengerade im Bett, er hatte sich im Schlaf an die Zeit bei dem Forschungsprojekt der Regierung erinnert und vor allem an die Untersuchungen zu speziellen Pflanzengiften der Pflanzenfamilie der Wolfsmilchgewächse. Zu dieser zählen der beliebte Weihnachtsstern, der Kautschukbaum und vor allem der viel interessantere Wunderbaum. Dieser Wunderbaum war gerade wegen seiner Samen und deren Wirkung sehr interessant für das Forschungsteam gewesen. Die Samen des Wunderbaums enthalten das Protein Rizin.

Dieses Protein ist das giftigste, welches in der Natur vorkommt. Chemisch ist es ein Lektin, das zell-bindend und giftigkeitsvermittelnd wirkt. Gelangt dieses Protein in den menschlichen Organismus, so bringt es die kontaminierten Zellen zum Absterben. Für eine tödliche Vergiftung reichen bereits 0,25 Milligramm isoliertes Rizin oder zwei bis vier Samenkörner.

Dies schien die mögliche Lösung in diesem speziellen Fall zu sein und mit diesem Gedanken schlief Thomas wieder beruhigt ein und schlief so gut, wie seit Wochen nicht mehr.

9. Tag Dienstag

60

Schon früh am Morgen rief Thomas bei Bernd an und berichtete von seinen Erfahrungen mit Rizin.

Da Bernd jedoch noch am Frühstückstisch saß und sich von Gesprächen über Gifte nicht den Appetit verderben lassen wollte, bat er den Pathologen, in einer halben Stunde im Präsidium zu erscheinen.

Nach etwa zwei Stunden saß das Team von Bernd mit Thomas bei einem Kaffee zusammen und besprachen die Ergebnisse. Die Symptome von Rizin stimmten mit denen von Alfons überein.

Sie hatten nur ein Problem: Rizin ließ sich nur sehr schwer bis gar nicht nachweisen.

61

Als der Hauptkommisar ins Büro kam, fand er gleich ein neues Schlachtfeld für seinen Kampf gegen die Kissenpuper der Verwaltung vor.

Vor Kurzem erst hatte er eine Anforderung für zwei Diensthandys für Stupps und Beat eingereicht. Der kommissarische Verwaltungsleiter, abkommandiert vom Innenministerium in Mainz, hatte ihm aus einer der vielen, auswendig gelernten Verwaltungsvorschriften begründet, warum es quasi unmöglich war, dies zu genehmigen. Das dies die Erreichung der Ermittlungen erschweren würde, wusste dieser Paragrafenhengst kunstvoll und verwaltungstechnisch perfekt, abgedeckt durch viele Dienstvorschriften und -anweisungen fast perfekt zu verhindern.

Können Sie sich die Wut vorstellen, wenn Sie dringend notwendige Handys für zwei Mitarbeiter Ihrer Abteilung beantragt haben und jeder Antrag mit einer kunstvoll formulierten Ablehnung Ihres Vorgesetzten wieder auf Ihren Schreibtisch zurückkehrt? Diesmal war die Hauptbegründung ‚nicht im Budget vorgesehen'.

... und, damit wir uns hier über die ungeheure Tragweite dieser Ausgaben klar bleiben: 9,95 Euro Grundgebühr pro Handy. 20 Euro Anschaffungskosten für ein stinknormales Handy – also nix von wegen Smartphone oder so, nur erreichbar sollten seine Mitarbeiter und er sein. Das war das Ziel. Und dann noch einmal 10 bis 15 Euro pro Mitarbeiter und Monat an laufenden Gebühren. Summa summarum ca. 400 bis 500 Euro Gesamtkosten.

62

Doch zurück zum Rizin

Diese neue Spur ließ Bernd keine Ruhe. Während Stupps und Beat zusammen mit Thomas versuchten, einen Weg zu finden, das Rizin nachzuweisen, fuhr er zu Annerose Toretti. Sie war die einzige noch übrig gebliebene Verdächtige und sie kannte sich außerdem mit Kräutern und verschiedenen Pflanzen aus. Damit wurde sie zur Verdächtigen!

Annerose war dieses Mal nicht erstaunt, als sie den Hauptkommissar vor ihrer Tür erblickte. Sie war gerade aus der Schule gekommen und freute sich über seinen Besuch. Sie fand diesen Hauptkommissar sehr interessant und konnte sich gut vorstellen, mit diesem Alfons zu ersetzen.

Als Bernd sie fragte, ob sie ihm ihre Kräutersammlung zeigen könnte, da er nach neuen Gewürzen und Zutaten für seine Küche suchte, freute sie sich noch mehr. Sie interpretierte dies als eindeutigen Flirtversuch. Es machte sie auch nicht misstrauisch.

Sie führte Bernd durch ihren Garten und zeigte auf diese und jene Kräuter. So hatte sie seit dem letzten Jahr Flohsamen neu angebaut, der vorwiegend gegen Fettleibigkeit wirkte, aber viele andere Leiden ebenfalls kurieren konnte, von Hämorrhoiden über Diabetes mellitus bis hin zum Durchfall. Der wissenschaftliche Name ist Plantago ovata.

Bernd hielt jedoch Ausschau nach einer bestimmten Pflanze, dem Wunderbaum. Er hatte das Aussehen zuvor am Computer recherchiert.

Nach einigen Minuten entdeckte er den Baum und sprach Annerose darauf an.

„Ja, Zierpflanzen habe ich auch in meinem Garten und dieser Baum ist eine wirkliche Besonderheit. Dieses Gewächs hat viele Namen, z. B. Christuspalme, Hundsbaum usw. Hier in der Gegend wächst er als einjährige Pflanze. Ich sammele also jedes Jahr die Früchte. Die nennt man Castorbohnen. Im nächsten Jahr pflanze ich sie wieder aus und es gibt wieder neue Pflanzen, die immer sehr schnell wachsen."

Nach einer weiteren halben Stunde verabschiedete sich Bernd von Annerose. Mit einer Tüte voll mit unterschiedlichen Kräutern verließ er das Haus. Für ihn stand fest, dass Annerose sowohl ein Motiv und auch die Mittel für den Mord an Alfons besaß. Im Moment gab es allerdings keine Möglichkeit, sie zu überführen.

Mit dieser Erkenntnis fuhr er in die Polizeiinspektion Bitburg zurück.

63

Von der Polizeiinspektion an der Erdorfer Straße begab er sich zunächst auf den neuen Innenstadtring, der gerade im Entstehen war. Jeden Tag fand hier ein neues Chaos seine wohlverdiente Heimat.

Er verließ die Innenstadt und fuhr auf der Landstraße L32 in Richtung Norden. Vorbei an dem Getränkemarkt auf der linken Seite und weiter zur Pützhöhe. Dort war eine Kornbrennerei, aber er hatte noch nie die Energie gefunden, dort einmal anzuhalten und sich zu informieren. So fuhr er auch heute daran vorbei, und weiter in Richtung Nattenheim. Rechts ging es ab zur Villa Otrang, einer Ausgrabung aus römischer Zeit.

Er aber fuhr weiter und kaum sah er auf der linken Seite den unsäglichen Schrottplatz, wusste er, dass er Nattenheim erreicht hatte. Er bog links ab, hinein nach Nattenheim und schon bald sah er nach wenigen Metern den Wegweiser nach rechts zur Fleischerei Billen. Schon nach einigen Hundert Metern fuhr er auf den Hof der Billens.

Er wollte sich ein richtig gutes, leckeres Stück Fleisch kaufen. Bernd ging so gerne zum Fleischmarkt Billen, nicht nur wegen der sehr guten Qualität, sondern auch, weil es ab einem Einkauf von 40 Euro einen Fleischwurstring als kostenlose Zugabe mit dabei gibt.

Dabei kaufte er noch sein Mitbringsel für den Hund vom Braumeister, der ja nun inzwischen bei Stürmer-Nobbi lebt. Es gibt in der Fleischerei Billen eine Hundewurst, so etwa 1,2, auch mal 1,5 kg schwer, die kostet nur vier Euro zehn, und Hunde sind einfach verrückt danach.

Als er vor der Fleischtheke stand, sprach ihn eine ältere Dame an. Sie stellte sich vor als Hildegard, die jeder nur Hildchen nannte. Hildchen war klein, sicherlich das Ergebnis von Mangelernährung vor dem Zweiten Weltkrieg, als es in der Eifel sehr karg war. ‚Dürr wie Brennholz' würde ihre Statur am besten beschreiben. Genauso trocken war auch ihr Humor.

Durch die Buschtrommeln in der Eifel ist es inzwischen ein weitverbreitetes Wissen, dass die eigentliche Todesursache für Alfons nicht ermittelt werden konnte.

Hildchen war eine Freundin von der inzwischen verstorbenen Mutter Anneroses. Sie erzählte dem Hauptkommissar von Anneroses Vater, einem feurigen Italiener, der die Kopfkissen vieler Eifelerinnen gewärmt hat und unter sehr merkwürdigen Umständen ums Leben kam.

„Bei der Nachlassverwaltung von der lieben Anneliese stieß ich im Bücherschrank auf ein Buch über Gifte und Heilpflanzen. Mit einem Lesezeichen bei einem sehr passenden Gift, dass so gut wie keine Nachweisspuren hinterlässt.

Soweit ich mich erinnern kann, ist damals keiner auf die Spur des Giftes gekommen, auch wenn die liebe Anneliese sehr verdächtig war. Es gab keine Beweise und auch als ich das Buch vor einigen Jahren gefunden habe, gab es keinen Grund, das Ansehen meiner lieben Freundin nach ihrem Tod zu beschmutzen. Aber jetzt …"

Bernd, der dieses Gespräch zunächst als eher uninteressant abgetan hatte, war nun hellwach. Nachdem er sein Fleisch – diesmal waren es Steaks für den Abend und frische Bratwürste für zukünftige Frühstücke, die er immer gern im Tiefkühl-schrank vorrätig hielt, gekauft hatte, fuhr er zusammen mit Hildchen zu ihrem Haus.

Das war ganz bequem auf seinem Weg nach Hause gelegen. Sie fuhren bis Staffelstein, das waren nur etwas über 5 Kilometer, und dann ging es in Staffelstein noch einmal rechts ab in Richtung Malbergweich.

Nur wenige Meter nach der Kreuzung waren sie bei ihrem Haus angekommen. Die zufällig gefundene Zeugin überreichte dem Hauptkommissar das Buch über Gifte und Heilpflanzen. Als Lesezeichen wurde die Todesanzeige von Anneroses Vater verwendet.

Bernd wusste, dass es kein hartes Beweisstück war, aber für ihn stand jetzt hundertprozentig fest, wer und was Alfons getötet hatte.

Zurück im Auto und auf dem Heimweg kam Bernd durch Sefferweich, wo rechts die Straße nach Neidenbach abgeht.

Gleich hinter der Abzweigung gibt es ein altes Bauerngehöft. Bernd hatte sich immer schon einmal vorgenommen, herauszufinden, ob dies zu kaufen wäre. Hatte es dann aber gelassen, weil es doch stark verfallen war. Weiter ging die Fahrt durch Balesfeld, an seiner Lieblingsbäckerei auf der rechten Seite vorbei und nach nur wenigen Hundert Metern kam er dann zum Kreisverkehr in Neustraßburg, wo er dann nach Burbach abbog.

Nur wenig später war er Daheim

10. Tag, Mittwoch

64

Am Morgen übertrug der Hauptkommissar die Ermittlungen gegenüber der Freundin des Mordopfers an Beat.

Nach einer Vorladung erschien Annerose im Präsidium, ihre Miene zeigte keine Regung.

Kommissar Beat Petz empfing sie und sagte ihr ohne Umschweife, dass sie Alfons mit Rizin vergiftet habe, und zeigte ihr das Buch ihrer Mutter mit dem entsprechenden Lesezeichen.

Annerose bestreitet diese Tat vehement und fordert den Kommissar auf, ihr Beweise zu liefern. Beide wussten jedoch, dass es ohne ein Geständnis keine Beweise gab. Frustriert musste der Kommissar die Ermittlungen nach diesem Verhör einstellen, im klaren Bewusstsein sowohl die Mörderin als auch das Gift zu kennen.

Nachdem Bernd schon wieder eine Sitzung wegen Kosteneinsparungen hinter sich gebracht hatte, kam er ins Büro.

Annerose wollte gerade gehen. So bot er an, sie nach Hause zu bringen, da dies ‚sowieso auf seinem Weg lag'. In Wirklichkeit wollte er sich in der Wohnung von Annerose einen weiteren Eindruck verschaffen.

Gern willigte sie ein. Als sie vor ihrem Haus ankamen, fragte der Kommissar, ob sie ihn noch zu einem Kaffee einladen würde. Das tat sie und so gingen sie gemeinsam in die Wohnung. Sie setzte Wasser auf, um frischen Kaffee zu brühen und für sich einen Fencheltee zuzubereiten.

Da sie nun schon einmal in der Küche waren, bat sie ihn, am Küchentische Platz zu nehmen.

Während sich der Hauptkommissar umschaute, bemerkte er auf einem Wandregal eine Handkaffeemühle.

fragte sie, wozu sie diese verwenden würde und erhielt die Antwort, dass sie damit Kräuter, getrocknete Früchte und Samen mahlen würde, vor allem, wenn es um Kleinstmengen für Heilsalben und Tinkturen ginge.

Ohne zu fragen, nahm er die Mühle vom Regal, schaute einmal in das Malwerk und in die Schublade unten an der Maschine. Es waren klare Spuren zu sehen, aber Bernd wusste natürlich nicht, welche Spuren.

Kurzerhand erklärte er Annerose, dass er die Kaffeemühle konfiszieren müsste. Die daraufhin eintretende eisige Kälte zwischen beiden ließ es ratsam erscheinen, diesmal doch auf den Kaffee zu verzichten. Schnell verließ Bernd das Haus, um noch einmal ins Präsidium zu fahren und dieses mögliche Beweisstück zur sofortigen Analyse nach Trier zu bringen.

Das war normalerweise nicht seine Aufgabe, aber er wollte keine Zeit verlieren. Außerdem wollte er kurz mit Thomas reden, um zu klären, ob diese Analyse den Beweis für den Mord liefern könnte.

65

Es war 3 Uhr nachmittags als die kleine Glocke der Friedhofskapelle am Ortsende von Burbach läutete.

Pfarrer, der die Gemeinde betreute, war inzwischen für sieben Pfarrkirchen zuständig und entsprechend schwierig war die Terminplanung. Eine sehr kleine Gruppe geleitete den Sarg aus der Friedhofskapelle zum frisch ausgehobenen Grab.

Es ist eine besondere Eifeler Spezialität, dass nicht irgendwelche Grabträger eines Beerdigungsinstituts den Sarg tragen, sondern hier hat sich die alte Tradition erhalten, dass entweder nahe Verwandte oder enge Freunde den Sarg tragen. Für die Sargträger ist dies eine ganz besondere Ehre und dieser Brauch zeigt die starke Verbundenheit der Menschen miteinander.

Kurz und gut, zwei Verwandte von Alfons Strudel waren aus Hessen gekommen, die von der Polizei ermittelt und benachrichtigt worden waren. Um sie in diesen Brauch einzubinden, dafür hatte die Zeit nicht gereicht.

Zunächst wollte sich niemand aus Burbach bereit erklären, den Sarg zu tragen, weil der Verstorbene fast niemand ausgelassen hatte, den er vor den Kopf stoßen konnte. Nach einiger Diskussion siegte dann aber doch die Vernunft und der Sinn für Anständigkeit.

Denn er hatte ja mit seinem Kuh-Lotto doch für eine solidere finanzielle Basis bei der Freiwilligen Feuerwehr und dem Sportverein gesorgt. Also gab es zwei Träger von jedem dieser Vereine.

Der Hauptkommissar war ebenfalls auf dem Friedhof. Und wieder einmal klingelte sein Telefon.

Die Melodie – ein Jagdhorn-Signal ‚Sau ist tot' – nervte ein wenig, war aber nicht absolut unpassend. Am Telefon war eine Dame aus England, die ihm eine Investition in Penny-Stocks anbieten wollte. Er drückte auf die Anruf-beenden-Taste.

Die Grabansprache war kurz. Der Priester wusste einfach zu wenig von dem Verstorbenen. Schnell war der Sarg in die Grube versenkt, noch ein paar Schüppchen Erde drauf. Ende der Zeremonie!

So fand das Leben von Alfons Strudel seinen Abschluss. Die Verwandten fuhren zu seinem Haus, fanden aber nichts, was sie als wertvoll erachteten und baten die Vermieterin, alles zu entsorgen.

Nicht mal die teuren Hemden interessierten sie, denn niemand konnte diese Größe verwenden. Sie würden jedem nur am Körper schlottern. Auch nicht die teuren Hemden, die frisch gewaschen im Schrank.

Ganz in der Tradition von Alfons Strudel wollten sie zuerst dafür Geld haben, meinten danach, dass es auch für NULL Euro zu machen sei.

Schließlich einigten sie sich darauf, die normale gesetzliche Kündigungszeit für das Haus einzuhalten und die Kosten für die Haushaltsauflösung zu übernehmen.

Sobald diese feststehen würden, würde das Geld überwiesen.

66

Die Analyseergebnisse waren schon da, als Bernd nach Bitburg ins Büro kam.

Schnell war anhand der Analyse der Rückstände in der Kaffeemühle klar, dass es sich wirklich um den Eiweißstoff Rizin, also des Samens des Wunderbaums handelte. Bei diesem Stoff handelt es sich um ein Protein mit einer Kette aus insgesamt 529 Aminosäuren. Also eindeutig bestimmbar!

Schwieriger war der Nachweis des Giftes im Körper des Toten. Thomas, der Pathologe, hatte vorsorglich vor Freigabe des Leichnams, Gewebeproben entnommen und natürlich sofort tiefgekühlt. Nach seinem Telefonat mit dem US-Kollegen Dinesh Pathel gibt es nur noch um die Klärung des Verdachtes über den Einsatz dieses speziellen Giftes.

Analysen dazu gehören nicht zum normalen Standard bei Leichenuntersuchungen, weil diese sehr aufwendig, sowohl von der Methode als auch von den Kosten her sind. Mit dem konkreten Verdacht jedoch machte die Untersuchung Sinn.

Diese Analysen sind teilweise geheim, weil Rizin unter das Kriegswaffengesetz fällt. Aufgrund seiner früheren Forschungsarbeit in Harvard hatte er jedoch Zugriff darauf. Das Ergebnis war eindeutig: Vergiftung durch Rizin.

Nur durch die Kombination des besonderen Wissens des Mediziners und seiner einzigartigen Möglichkeiten war diese Analyse möglich und ergebnisreich.

Die Ergebnisse der beiden Analysen, also Gewebe plus Kaffeemühle waren erdrückende Beweise, die die

Schuld von Annerose-Maria klar belegten. Mit diesen Ergebnissen ließ der Hauptkommissar die Lehrerin verhaften und im Kommissariat vorführen.

Weil es schon spät am Abend war, kam Sie in Untersuchungshaft und wurde am folgenden Vormittag vernommen. Die Nacht im Gefängnis hatte sie sehr nachdenklich gemacht und mit den Beweisen aus dem Labor blieb nicht mehr viel Widerstand übrig.

So war es für den Hauptkommissar nur ein kurzes Gespräch, das ihr klar machte, dass weiteres Leugnen nur ihre Strafe verlängern würde. Sie entschloss sich, ein Geständnis abzulegen, und das Motiv, Eifersucht, war denn auch eines, das später den Richter ein wenig milder stimmte, denn es war nachvollziehbar. Es wurde auf Totschlag plädiert, denn der Anwalt war ein „Cleverle", der schon den einen oder die andere Täterin erfolgreich verteidigt hatte.

Während also Annerose für einige Zeit hinter Gittern verschwand, ging das Leben draußen weiter.

Aber nicht nur draußen ging das Leben weiter. Auch bei Annerose tat sich etwas...

Kurz vor dem fürchterlichen Streit und der Vergiftung hatten Alfons und Annerose miteinander geschlafen und da Annerose die Verhütungsmittel vergaß und Alfons aus Prinzip keine Kondome benutzte, kam es diesmal zum Unvermeidlichen. Mutterfreuden kündigten sich an.

Der Gynäkologe gratulierte nun Annerose überaus herzlich und eröffnete ihr, dass sie in absehbarer Zeit glückliche Mutter von drei Kindern werden würde, vermutlich alle männlichen Geschlechts.

Annerose stellte sich vor, täglich in drei verschiedene Gesichter sehen zu müssen, die Alfons sehr ähnlich sein müssten und erstarrte ...

Nun, wenn das keine gerechte Strafe Gottes ist.

67 – Einige Zeit später

Auf seiner nächsten Reise zu verschiedenen Winzern war Stefan Gerner einige Zeit später wieder einmal zu Gast bei Bernd. Weil der Hauptkommissar noch bis abends arbeiten musste, trafen sich beide in der Polizeiinspektion auf der Erdorfer Str. 10 in Bitburg.

Da Bernd keine Zeit hatte, um einzukaufen und etwas zu kochen, beschlossen sie, im Dorint-Hotel am Bitburger Stausee zu Abend zu essen. Stefan kannte dieses Hotel noch nicht und so lud ihn Bernd ein.

Als sie dort eintrafen, sprach gerade die Hoteldirektorin, Claudia Arens, mit den Mitarbeitern an der Rezeption. Bernd begrüßte sie und stellte ihr Stefan Gerner vor. Es war schön, sie wieder zu treffen, denn sie hatten sich kurz während der Ermittlungen gegen Charly kennengelernt, und er fand sie sehr sympathisch.

Sie setzten sich ins Restaurant gleich gegenüber der Rezeption, das heute gut gefüllt war. Es gab eine Tagung einer großen Kosmetikfirma, die hier eine neue Produktserie ihren Mitarbeitern vorstellte. In Kürze sollte die im deutschen Markt eingeführt werden.

Trotzdem hatte Frau Arens ihnen einen Tisch direkt am Fenster reserviert, mit einem wunderschönen Blick auf den See. Einfach großartig, dieser Service, dachte auch Stefan Gerner und beschloss, beim nächsten Mal seine Frau mitzubringen, um hier einmal ein längeres Wochenende zu verbringen.

Schnell hatte man sich auf die Speisenfolge geeinigt. Es sollte etwas aus der Eifler Regionalküche sein, das natürlich entsprechend der Küche des Hauses ein wenig verfeinert wurde.

Passiertes Kartoffelsüppchen mit Kräuterlachsstreifen, danach gekochter Kalbstafelspitz in Meerrettichsauce, mit Preiselbeeren und Butterkartoffeln. Das machte man ja heute nicht mehr oft selbst zu Hause, aber allein schon der Gedanke daran ließ ihnen das Wasser im Munde zusammen laufen.

Als Abschluss würde es Parfait von weißer Schokolade auf roter Beerensauce geben.

Das war ein Festessen!

Während sie sich noch bei einem Aperitif von Andreas Bender, einem 2013er Riesling Hofpesch Auslese, genüsslich auf das Essen vorbereiteten, erzählte Bernd in Kürze von diesem Mordfall und der Aufklärung.

Und als die wesentlichen Punkte besprochen waren, berichtete er Stefan, wie es danach weitergegangen war

68

Anna-Lena hatte bereits allen erzählt, dass sie ein Kind erwartete, und überlegte krampfhaft, wer Pate dieses wunderschönen Kindes werden sollte und wie sie bei dem Kind den fehlenden Vater kompensieren konnte. Plötzlich trat jedoch ein Ereignis ein, welches bei vielen Frauen einmal monatlich üblich ist. Tiefbesorgt rief Anna-Lena bei ihrem Gynäkologen an und vereinbarte einen kurzfristigen Termin.

Als sie diesem im Behandlungszimmer von ihrer Schwangerschaft und der Hoffnung, bald Mutter zu werden berichtete und auf die aktuellen Ereignisse, die für sie ein sehr starker Hinweis auf eine mögliche Fehlgeburt darstellten, aufmerksam machte, wurde sie gründlich untersucht. Die übliche Ultraschalluntersuchung zeigte ... NICHTS.

Anna-Lena verließ die Praxis tränenüberströmt mit dem Untersuchungsergebnis – nicht schwanger.

Sie hatte doch selbst einen Schwangerschaftstest gemacht. Und das Ergebnis war klar und deutlich: schwanger!

Schwangerschaftstests sind normalerweise bis zu 99,9 % genau, zeigte aufgrund einer Infektion fälschlicherweise den Befund schwanger. Dies war zumindest die Theorie des Gynäkologen. So hatte sie also nicht nur Alfons verloren, sondern auch das so sehnlich erhoffte Kind.

Einige Wochen später stand Anna-Lena im Amtsgericht Bitburg. Es wurde gegen sie verhandelt wegen Körperverletzung, da die Pathologieergebnisse eindeutig belegten, dass die Messerstiche keine tödlichen Folgen gehabt hatten. Aber das Delikt der Körperverletzung blieb natürlich.

Anna-Lena berichtete dem Richter von der tragischen Liebesgeschichte.

Dies war der letzte Fall des alten und weisen Richters vor seiner Pensionierung.

Auch wenn er es für sich behielt: Er fand, dass Alfons eigentlich aufgrund seines Lebenswandels – hier kamen die drei S wieder zum Vorschein: Saufen, Schulden, Sex – mit voller Berechtigung vom Leben zum Tode befördert wurde, wenn auch nicht durch Anna-Lena.

Es stand fest, dass Anna-Lena nicht die Mörderin war. Sein Urteil beschränkte sich daher auf sechs Monate Gefängnisstrafe wegen Körperverletzung und diese Strafe wurde für drei Jahre auf Bewährung ausgesetzt.

Eine freie, jedoch sehr traurige Anna-Lena verließ nach diesem Urteil den Gerichtssaal.

69

Es waren einige Monate vergangen. Bernd Birnbach saß in seinem Büro und der ehemalige Verwaltungsleiter, der frühere Chef von Bernd, kam herein.

Er hatte mal ein paar Strippen im Parteiapparat gezogen, denn ein hoher Beamter im Ministerium schuldete ihm noch einen Gefallen. Und jetzt hatte er darum ‚gebeten', ihm auch mal einen Gefallen zu tun.

Es war schon einige Jahre her, da hatte ein übereifriger Beamter versucht, das Schnapsbrennen in der Eifel zu verbieten. Er meinte, es fehle an der gesetzlichen Grundlage und schickte etlichen Brennern einen Bußgeldbescheid. Der daraufhin losbrechende Sturm der Entrüstung hatte ihn überrascht, und mit ihm seine ganze Dienststelle.

Was war passiert? Man hatte einfach übersehen, dass die Besatzungsmächte nach dem Zweiten Weltkrieg dieses alte Recht der Eifeler, aus ihrem Obst Alkohol zu machen, wieder eingeführt hatten. Der ehemalige Verwaltungsleiter aus Bitburg war damals Vorgesetzter des jungen Beamten, der diese Bußgeldbescheide veranlasst hatte. Er übernahm die volle Verantwortung für diese Panne, sodass sein ambitionierter, aber etwas übereifriger Mitarbeiter ungeschoren davon kam.

Es hatte ihm nicht wirklich geschadet, aber aufgrund dieses Vorfalls wurde er nach Bitburg versetzt und so der Verwaltungsleiter – bei der Polizei – in Bitburg. Das war nicht wirklich schlimm, denn Arbeit und Kollegen im Ministerium behagten ihm sowieso nicht sonderlich.

Nach einigen Jahren gab es gesundheitliche Probleme, sodass er aus dem Dienst ausschied. Er wurde durch den jetzigen Dienststellenleiter ersetzt. Aber dessen Einsatz war nun Gott-sei-Dank beendet.

So wurde der bisherige kommissarische Verwaltungsleiter der Polizeibehörde in Bitburg ins Ministerium zurückberufen und durfte sich nun dort um die Fälle kümmern, die durch die neue Privatisierung des Nürburgrings entstanden.

Mit Ruhm würde er sich dabei nicht bekleckern und viele Freunde würde er dabei wohl auch nicht finden.

70

Das gefiel Bernd. Zur Feier des Tages zündete er sich genüsslich eine Zigarre an. Leider hatte er keine Linea Classica von Cohiba dabei, denn die bewahrte er sich für besondere Gelegenheiten Zuhause auf.

So begnügte er sich mit einer normalen Mille Fleurs von Romeo y Julieta, die er in seinem kleinen Humidor im Schreibtisch hatte. Es war ihm egal, dass es Rauchverbote gab und auch, dass sein Team noch im Büro war. Sie würden sowieso gleich gehen.

Während Bernd Birnbach sind gemütlich zurücklehnte, um diese Nachricht zu verarbeiten, klingelte sein Telefon. Eine unbekannte Stimme meldete sich und redete auf ihn ein.

Nachdem der Hauptkommissar eine Weile zugehört hatte, hörten die Kollegen seines Teams, wie er am Telefon antwortete: „Ja, gut! Mein Team und ich sind in wenigen Tagen bei Ihnen." Mehr wurde nicht gesagt. Es ging also zum nächsten Einsatz. Wo – das verriet er ihnen noch nicht.

Seien Sie also gespannt auf den nächsten Fall von Hauptkommissar Bernd Birnbach und seinem Team, Stupps und Beat Petz.

71

Werfen wir einmal einen Blick in die Zukunft. Einer der Söhne von Annerose-Maria und Alfons sollte etwa 20 Jahre später einer der wichtigsten Bio-Bierbrauer werden. Über Venture-Capital hatte er genügend Finanzkraft, um diesen Trend, der wohl einmal Anfang des Jahrtausends angefangen hatte, für sich in der Bierwelt nutzbar zu machen.

Mit diesen Finanzmitteln, dem Brautalent seines Vaters, das er geerbt hatte und dem Wissen seiner Mutter über Kräuter, Gewürze und Natur hatte er eine geheimnisvolle Formel gefunden, mit der er ein Bier brauen konnte, das vielen Großbrauereien doch einige Kopfschmerzen bereitete, denn die Leute wollten natürliche Lebensmittel und Getränke.

Ein Trend, der nach vielen Skandalen in der Lebensmittelwirtschaft und Tierzucht nicht mehr zu stoppen war. Ja, es war teurer, aber nur ein wenig. Und so leisteten sich viele die bessere Qualität.

... und was passiert mit Stupps und Beat?
Im nächsten Krimi erfahren Sie mehr!

Ende

Dank

Mein besonderer Dank geht an Viele:

Marina Vogt. Sie hat geholfen, die Gedanken in Worte zu fassen, den Handlungsablauf logisch zu gestalten und den Text zu lektorieren.

Nico Gees, wegen der Gestaltung des Titels, Anregungen zu Autoren-Lesungen, usw.

Stefan Gerner, wegen der Weine, die der Hauptkommissar genießt und die Teil der Krimi-Dinner sind.

Tabak-Vogt, Thomas Vogt - wegen seiner Beratung zu den Zigarren, die der Hauptkommissar schmaucht, die er im Webshop bei www.tabak-vogt.de bestellt

Uta Devone, für Ihre verganen Rezepte

Dietmar Braun, Polizeioberrat und Leiter der Polizeiinspektion Bitburg. Struktur der Polizei, Polizeiarbeit, Dienstränge usw. hat er erklärt - ER IST NICHT DER VERWALTUNGSLEITER UND KISSENPUPER!!!!!

Maria Arvanitis, Leiterin der Tourist-Information Bitburger & Speicherer Land

Ebenfalls sehr geholfen mit Tipps und Hintergrundinformationen sowie der Einwillung zur Verwendung der Handlungsorte in diesem Krimi haben

Josef Kinnen, Golfclub Lietzenhof in Burbach

Claudia Arens, Dorint-Hotel am Bitburger Stausee in Biersdorf

Resi Trappen, Gasthaus Trappen, Burbach

Theis-Mühle, Biersdorf am See

Fleischerei Billen, Nattenheim

Claudia Schu, Autohaus Eifel-Mosel GmbH, Bitburg

Bodo Drescher, Badehaus Babylon, Köln

Familie Heller, Brauerei Heller

Blog www.MordinBitburg.de

Im Blog finden Sie Hinweise auf Preisausschreiben, Krimi-Dinner, Lesungen, Zusatzinfos über die Eifel usw.
Immer wieder gibt es neue Gründe, in diesen Blog hineinzuschauen.

Links,
Rezepte,
Klingeltöne des Kommissars,
Sprüche von Kommissar Beat Petz,

... finden Sie ebenfalls im Blog.

                    Jetzt einloggen!